수메르·한반도

(5000. 고양벌)

수메르·한반도(5000, 고양벌)

초판 1쇄 인쇄 2014년 10월 17일
초판 1쇄 발행 2014년 10월 24일

지은이 문 정 조
펴낸이 손 형 국
펴낸곳 (주)북랩
편집인 선일영 편집 이소현, 김아름, 이탄석
디자인 이현수, 신혜림, 김루리, 추윤정 제작 박기성, 황동현, 구성우
마케팅 김회란, 이희정
출판등록 2004. 12. 1(제2012-000051호)
주소 서울시 금천구 가산디지털 1로 168, 우림라이온스밸리 B동 B113, 114호
홈페이지 www.book.co.kr
전화번호 (02)2026-5777 팩스 (02)2026-5747

ISBN 979-11-5585-379-5 03810(종이책) 979-11-5585-380-1 05810(전자책)

이 도서의 국립중앙도서관 출판예정도서목록(CIP)은 서지정보유통지원시스템 홈페이지(http://seoji.nl.go.kr)와 국가자료공동목록시스템(http://www.nl.go.kr/kolisnet)에서 이용하실 수 있습니다.
(CIP제어번호 : CIP2014029650)

인류 최초의 문명 수메르가 한반도 고양에서 시작되다

수메르·한반도

5000, 고양벌

문정조 지음

행주대첩으로도 유명한 고양 옛 주민들에 의해 세워진 세계 최초의 문명

북랩book Lab

필자의 변

한반도에도 중석기문화가 존재하였다면, 구석기인과 신석기인들이 시간적으로나 체질적으로 완전히 단절되지는 않았을 터인데, 불행히도 아직까진 확신하기 어려움이 현실이다.

따라서 지식의 한계로, 빙하기를 계기로 구석기인들이 대부분 사라진 후 한반도 바깥에서 신석기인들이 옮겨왔을 거라는 생각에 머물게 되었다.

신석기시대에 시작된 쌀농사는 한민족을 규정한 특징적 요소의 하나로 자리잡게 되었고, 그의 중심이 한강 하류 강안 일산벌 가와지 유적지에 있음도 알게 되었다. 마침 수메르시대와 같은 시대의 역사를 하고 있음도 알게 되었고, 그 후부터 그들의 농경문화를 비롯해서 교육, 신앙, 생활문화, 그리고 지향했던 생활철학까지도 비교조사하면서 신석기시대 한민족의 원류를 찾으려 했고 그들의 이동흐름과 종착지 '일산벌 달을성'까지를 다루게 되었다.

그곳에서의 한민족은 미래의 희망을 보여주게 되는데, 한민족 통일광역국가라는 한반도 "배달해오름"이다.

그래도 아쉬움은 남는다. BC 2004년경, 수메르 '우르왕'이 서방의 셈족과 동방의 엘람 침입자들에 의해 동쪽 산속으로 끌려간 후 수메르 자체가 사라져 버린다. 그리고 19세기에 와서야 부분적으로나마 고고학자들의 점토판 해독으로 그 위대했던 수메르의 존재가 아주 느리게 조금씩 알려지고 있어 필자 역시 미진한 부분을 자인하게 된다. 또한 아직까지는 정설이 없는 선사시대의 내용이 되다 보니 추정되는 가설로 마무리하는 경우가 많았음에 양해를 구한다.

앞으로 미진한 부분에 보완의 노력을 약속드리면서 이제 시작에 불과한 에세이를 마치려 한다.

그간의 인연에 감사드립니다.

CONTENTS

시작하며

1) 시작하며

지금으로부터 5천여 년 전
티그리스·유프라테스 강 유역에는
곱슬머리에 거친 수염으로 얼굴을 반쯤 가린
검붉은 농사꾼들이 살아가고 있었다.

원시농법이라
항상 허기져
먹을 것을 찾아다니는 게 일과였고….

이곳에도 세월이 흐른
어느 날엔가는
천지개벽이 일어나게 된다.
수염이 별로 없는 검은 머리 인종이
예고 없이 나타났던 것이다.

그들은 청동기문화를
이미 체험하고 터득했던 선민들(환인의 桓國/수밀이족?),
고작 나무로 만들어 힘들게 사용하고 있던

토착민들의 농기구들이 세련된
도끼, 홈자귀, 쟁기 등으로 바뀌게 되고
농업생산성 또한 몇 배로 높아져 간다.

그 후부터
이곳의 지배자는
자연스럽게 검은 머리 인종이 되고
권력까지도 가지게 되었을 거라는 생각이다.

점차 먹을거리가 해결되자
이웃들이 모여 마을이 되고 라르사
바드티비라 중대촌락이 더해져 도시가 되어간다.
최초의 도시국가 탄생인 것이다.

이때부터 역사학자들은
이곳을
메소포타미아 문명도시라 부르게 된다.

메소포타미아 역사에는
고도로 발달된 청동기문화와
흙을 재료로 한 삶의 지혜가 남아 있고

대홍수의 흔적을 남겨

초심의 신자들을 격앙되게도 한다.

수천 년 전의 대홍수 흔적

구약성경에 나오는

노아의 방주를 연상케 하는 대사건

그래 갈등하는 것이리라.

그 시대

그 주인공들을

우리는 [수메르인]이라 부른다.

그들은 과연 누구이고

과연 어느 곳에서 어떻게 왔을까?

근래에 와 고양시 일산벌 가와지에서

5000여 년 전 수메르시대

그 무렵의 볍씨, 보리씨 그리고

주거흔적 특히 농업상황이 확인되었다.

신석기시대에서 청동기시대에 이르기까지

유적과 유물이 많이 발견되었던 것이다.

벼농사의 선사시대 기원을 알게 했고
갈색 토탄층에서는 볍씨, 보리씨, 그 외 씨앗들과 과실 열매,
그 아래에서의 즐문토기,
그리고 모래층에서 발견된 석기들이 후기 뗀석기들이라는 점
또한 수메르인들의 농사법과 생활에도
유사점이 많기에 비교하면서
심층적 연구가 필요하다는 생각을 하게 되었다.

우선 수메르에 이르는 한민족의 대장정이
2회에 걸쳐 이루어졌던 것으로 보인다.
첫 번째는 환인의 환국연방 수밀이족에 의해서고
두 번째는 환웅의 배달후예 일산벌 선민들에 의해 이루어져 수메르문화에 영향을 주었던 것으로 추정된다.

"브리태니커-백과사전"에서는
'두 어원이 같다'고 한다.
수메르어와 한국어는 동일한 교착어라며….

고고학자 크레이머는
'수메르인은 동방에서 왔다'고 확신한다.
검은 머리, 청회색 토기, 순장문화, 씨름,

그리고 중동어와 다른 교착어를 보아도….

소설 '수메르' 작가 역시 말한다.

뜻밖에도

그들은 한국에서 왔다.

그들은 한국인이었다.

그들은 환인의 자손이었다.

한민족 이동기에

수메르로 건너갔던 것이리라….

수메르의 어원도

우리말 '소머리'에서라 말한다.

또 다른 고고학자는

한밝산(백두산) 기슭

성스러운 배달의 강 '송화강'에서

유래되었다고도 한다.

좁은 한반도를 벗어나

대륙을 누볐던 우리 영웅들의

장대한 원정길이 있었으니

혹시 고양시 일산벌 가와지 옛 주민들이

두 번째 주역이지는 않았을까?

여기에서부터 대서사시는 시작된다.

한민족의 시원 환국桓國,

중앙아시아 바이칼 호 주변에서 출발해

신시神市 배달나라시대를 거쳐 이르른 고조선,

그리고 패망에 따른 유민들의 유입으로 한민족의 만남이

자연스럽게 한반도 일산벌에서 이루어지게 되었으리라….

한반도 일산벌 문화와 수메르의 문화가 유사했던 이유는

이와 같은 한민족의 이동기에서 찾아나간다.

우리도 천하제국을

호령했던 때가 있었음이라….

수메르 역사가 있어 왔고

소설 '수메르'가 쓰였고

이제 수메르 에세이도 쓰여지고 있다.

거기에는

단군 이전 한민족의 시원이 있고,

놀라운 한민족의 판타지가 있고,

그리고 우리의 뜨거운 혼이 불타고 있다.

결국 환국-배달-고조선으로 이어온 한민족의 만남이 한반도 일산별이 되어, 그곳 "달을성"에서의 통일된 한민족 만남의 문화를 꽃피게 한다. 그리고 미래 "통일광역국가시대"를 열어가게 하고, 그 상징성을 "배달해오름"으로 해 마무리하려 한다.

이는 한민족의 혼 '광명'이요!

창시이념인 '홍익'을 보여주는 것이리라….

2) 역사글(상고사)에 들어가면서

우리나라 역사에는
상고사가 달아나 없다 한다.
상고사라면 적어도
삼한시대 이전 역사를 말할진대
이 부분이 없으니
머리 없는 나라역사라
아마도
있었는데 없는 것으로
해석을 달리한 것이리라….

겨우 12-13세기에 나온 김부식의 삼국사기(1145), 이승휴의 제왕운기(1281) 그리고 일연스님의 삼국유사(1289)에 오직 매달려 왔던 것이다.

그 외의 고구려 留記百卷, 백제 書記(375), 신라 國史(545) 그리고 20여만 권의 고서는 이미 흔적도 없이 사라져 버린 지 오래니.

역사학자들은 고민하기 시작한다. 그 대표적인 사례가 삼국유사의 "고조선 조"이다. 마침 "**환단고기와 규원사화**"의 발견으로 흥분

한다. 그러나 강단 사학계에서는 위서로 취급해 기피해온 책이다. 대신 인정하는 고대 사서로는 삼국사기, 삼국유사 그리고 제왕운기 정도였으니 우리나라 상고사가 달아나 없다 하는 것이리라….

그나마 다행이라면 중국사서에 여러 "동이족"에 관한 기록이 남아 있어 의존적으로나마 참고하고 있는 것이다. 그래도 아쉬움은 남는다. 대부분 후한서 이후의 사서들이 되다 보니 단군 이전의 사실은 기록에 빠져 있고, 진한 이후에 나온 자료들에는 동이족을 폄훼하고 멸시하는 기록들이라….

마침 최근에 와서는 "**환단고기와 규원사화**"에 대한 관심이 조금씩 높아져 가고 있다. 참으로 다행스럽다는 생각이다. 그중에서도 "환단고기"를 통해 삼한·삼국 이전의 역사기록이 있다는 사실을 알게 된 것은 잃어버린 상고사의 대발견이리라….

지금으로부터 1000여 년 전 고려말 몽고가 고려의 내정을 간섭하던 무렵, "이암, 이명, 범장" 세 선비는 춘천의 태소암太素庵을 찾아 나선다. 거기에는 '소전'이란 선비가 살고 있었는데, 그분이 바로 "태소암" 주인이었다. "어서오세요! 세 선비가 오시는 것을 미리 알고 있었습니다." 한다. 그곳에서 발견된 것이 "**환단고기와 규원사화**"였던 것이다.

그 후부터 이암은 "단군세기"를, 이명은 "진역유기"를, 그리고 범장은 "북부여기"를 쓰기 시작해 후대에 알린 것이라 한다.(박성수 교수, 수강노트)

지금 우리나라의 역사는 하나가 아니라 넷이나 된다.

첫째는 '2천 년 설'인데, 일본제국주의자들이 왜곡한 "조선사"이고, 둘째는 '4천 년 설'인데, 기자가 동래한 후부터 계산한 조선시대 유학자들의 "사대주의 역사관"이다. 셋째는 '5천 년 설'인데, "단군의 고조선 건국을 기점으로 계산하는 역사"이고, 넷째는 '6천 년 설'인데, "환국으로부터 계산하는 역사"이다.

필자의 경우는 네 번째 '6천 년 설'에 더 신뢰하고 있다. 중국 "진서晋書 숙신열전肅愼列傳"에 환국의 12연방의 이름이 기록되어 있다. 즉 환국을 중국의 사서에서 '숙신'으로 표현하고 있다는 사실이 새로이 발견된 것이다. 그리고 "일연스님"도 이미 삼국유사"에서 "昔有桓國"이라 하였으니 환국桓國이 있었다는 사실을 인정하고 있었던 것이리라.(환단고기)

따라서 앞으로의 글에는 "환단고기"의 역사 자료를 참고서로 하게 됨을 미리 밝혀 두는 바이다.

3) 한민족의 시원 '환국桓國'(한국)

한반도의 원주민은
어디에서 왔을까?
한민족의 시원은
어디일까?

'단일이주설'이 있고
'다중이주설'이 있다.
그리고 한민족의 시원으로
환국桓國의 12연방설이 있다.

7만여 년 전, 연이은 기근으로 먹이를 찾아 떠나야 하는 탈아프리카 대재앙의 시기에 아프리카에서 아시아로 건너온 인류는 남부 인도지방에 정착하게 되었다는 주장이 있다. 그 후 후손들이 태국-말레이시아-인도네시아-필리핀 등으로 이동하고, 또 다른 무리들은 북쪽 중국으로 이동하게 되는데, 그중 일부가 다시 남하해 한반도로 들어와 정주하게 되었다는 것이다. 이게 '단일이주설'이다.

그러나 기존에는 '아시아 남부와 중앙아시아' 두 경로를 통해 이주가 이루어졌다고 믿었던 '다중이주설'이 있었다. 인류가 아프리카에서 아시아 남부해안으로 건너온 것과 비슷한 시기에 또 다른 인류가 중동-아라비아-페르시아를 거쳐 중앙아시아 쪽으로 유입되었다는 것이다.

단일이주설에 따르면, 아시아 남부 해안에서 여러 갈래로 뻗어나간 사람들은 이동과정에서 토착인들과 혼인해 자손을 낳게 되어 유전자가 다양해졌다고 한다. 그 결과로 오스트로 네시안, 오스트로 아시안, 타이카다이, 후모민 그리고 알타이족 이렇게 5종족이 생겨나게 되었단다. 한국인은 물론 "알타이족"이고… 연구 결과에 따르면 중국을 거쳐 한반도로 들어온 이들 가운데 일부는 일본으로 건너갔다고도 한다.

따라서 아시아인 대부분의 조상은 아시아 남부를 통해 유입되었다는 이른바 '단일이주설'에 의한 것이라는 것이다.

(아시아 인간게놈연구회/HUGO)

그리고 단군 이전의 역사기록으로 "환단고기"가 있다. 거기에는 단군 이전의 환국시대를 중시하고 있다. 우리나라 역사는, 단군이 조선을 건국하기 이전의 환국桓國에서 시작하여 환웅의 배달 신시神市로 이어진다고 보았기 때문이다.

중국사서인 "진서晋書 숙신열전肅愼列傳"에도 환국의 12연방이 소개되어 있는데, 환국을 숙신으로 표현하고 있다. 또한 일연스님도 '삼국유사'에서 석유환국昔有桓國이라 하였으니 환국이 있었다는 사실을 인정하는 것이리라….

단군조선 이전에 신시가 있었고 환국이 있었다. 환웅의 나라는 신시였고, 환인의 나라 환국은 가장 오랜 나라였다. 그러나 위치에 대해서는 설을 달리하고 있다. 환웅의 배달국은, 흑룡강과 백두산 사이 완달산完達山이라 하는데, 그 외에도 여러 설이 있다. 그리고 환국은, 인류 최초의 문명국으로, 세계 5대 문명이 모두 환국에서 시작되고 있다는 가설도 있다. 환桓이란 '환히 밝다는 뜻, 한민족의 신교 광명을 의미한다. 한족韓族도 여기에서 유래하고 있다.

4) 한민족의 처음나라 '배달'

환국의 12연방 중 한 갈래로 남동진해 환국의 정통성을 지켜온 환웅의 나라가 한민족 배달국이다.

그 한민족에게는 유태민족의 '출애굽'보다도 더 오래전에 '출중동'이라는 역사가 있었다.

중국 산동성에서 무씨 가문의 사당 **"무씨사화상석**武氏祠畵像石"이 발견되었는데, 거기에는 한민족 고대사에 중요한 **"환웅이동도"**가 그려져 있다.

중원의 동북 지역 산동성-하남성-양자강 이남에는 동이문명지대가 광활하게 펼쳐져 있었는데, 그 세력이 확대되어 **'동이나라'**까지 세워지게 된다. 바로 **중국의 '은나라'**이다.

그러나 수 세기를 유지하다가 주나라에 망해 식민지화되면서부터 박해를 받게 된다. 그 후부터 한나라에 이르기까지 오랫동안 고통을 겪으면서 아픔 속에 새겨둔 그림이 **'무씨사화상석'**인 것이다.

여기에서 우리에게 중요한 것은 **배달의 '환웅이동도'**가 그려져 있다는 것이다.

이는 출애굽보다도 더 일찍 '출중동'이 있었음을 확인시켜주며 이어 배달국을 세우게 되었음을 알려주는 내용이기 때문이다.

이때의 대이동에 따랐던 다른 종족도 있었다. 바로 호랑이를 숭상하던 '아리안족'이었다. 그러나 시베리아에 이르러서부터는 추위를 이기기 위해 쑥과 마늘을 먹으며 극복해 보려 하지만 결국 실패해 중도에 중앙아시아로 내려가 버렸다는 흥미로운 기록도 있다. 이 기록은 '단군신화와 어떤 관계가 있을까' 생각해 보게 한다.

배달국의 영토는 만주를 위시해서 한반도 그리고 중국의 하북성-하남성-산동성-강소성-안휘성 그리고 절강성 지역을 포함하는 대제국이었다.

배달국은 18명의 환웅에 의해 1565년간 지속됨으로써 한민족이 환국의 정통을 계승하여 세운 최초의 한민족 나라가 된다.

또한 중요한 것은 배달국의 건국은 중국민족과 한민족의 역사가 나뉘는 분기점이라는 점이다.

5) 한민족 영웅들의 장정

수메르인들의 점토판 해독 전문가인 '크레이머(samul kramer)'는 5000여 년 전 수메르인은 동방에서 왔다고 결론지었고, 미국 언어학자 C.H 고든은 "그들은 동방에서 오면서 무슨 "고대문자식 기호를 가지고 온 듯하다."라 했다.(문자) 그리고 '브리태니커-백과사전'에서는 그들의 특징으로 머리카락이 검고, 후두가 편편하고, 순장문화가 있었고, **청회색 토기**를 사용했다고 했다.

이 청회색 토기는 동이족의 영역 산동성 '소호'에서 창시된 것으로 현재 만주 부근에서만 발굴되고 있고, 그 외 유사한 회청색 연질 토기 파편 또한 한강 하류 석촌동 고분 정도에서 발견되고 있다. 수메르인들 역시 동방의 종주국을 '하늘나라'로 말하고, 그 하늘산을 넘어왔다고 기록해왔다.(점토판) 이는 수메르의 원 고향이 천산이 있는 **환국**桓國에 있었고, **또한** 동이족의 나라 **소호국**에 있었음을 뒷받침해 주는 것이리라.

그 동방문명의 징세는 '**환단고기**桓檀古記(9000년 한민족 역사)'에서 찾아볼 수 있다. 마지막 빙하기가 10000여 년 전에 물러가고 간빙기에 접어들면서 새로운 인류문화가 싹터가게 된다. BC 7000년경에는 우리 민족의 시원인 **환국**桓國이 중앙아시아의 천산산맥, 바이칼 호를 끼고 동서 2만 리, 남북 5만 리로 광대한 영역에 세워지게 된다.

그러나 BC 6000년경에 이르러서부터는 러시아의 기후 이변으로 다시 몹시 추운 한랭시대가 된다. 살기 위해 온화한 곳을 찾아 남서쪽으로 이동해 이란을 거쳐 메소포타미아에 이르게 되고, 일부는 동남쪽으로 이동해 백두산과 하얼빈 인근에 정착하게 되고, 또 다른 일부는 북동쪽으로 이동해 베링 해협을 건너 아메리카에 이르게 된다.

이때 동남쪽을 택했던 환웅 일행이 현지에 배달나라를 세워 정주함으로써 후손들은 점차 남으로 이동해 임진강을 건너 **고양 일산벌에 이르러** 농사를 짓게 되고 강안 문화를 체험하게 되었으리라 생각해 본다.

이 시점에서 추정해볼 수 있는 것은 이미 남서쪽으로 이동해 갔던 같은 환국의 수밀이족이 수메르문명의 주역이 되었을 거라는 가능성이다.

그러나 점토판을 통해 알게 된 일산벌 문화와의 유사점을 이해하는 데는 다소의 거리가 있어 또 더해 추정해 볼 수 있는 것은, **일산벌 '달을성 선주민들'** 역시 수메르로 대이동을 했을 것이라는 점이다.

6) 한민족 대이동의 족적

우선 '빗살무늬토기' 분포로

한민족 대이동의 족적을 추적해 볼 수 있다.

한반도 신석기시대, 강안 주민들,

우연한 기회에 점토가 구워지니 단단하게 된다는 사실을 알게 된다. 그간 가죽이나 식물의 줄기를 얼기설기 엮어 생활도구로 사용해 오던 게 고작이었는데, 우연한 기회에 단단하고 물 안 새는 토기가 만들어진 것이었다. 액체까지 저장하고 운반할 수도 있으니 식생활에도 큰 변화가 일어나게 되었고, 억세고 독이 있어 섭취가 어려웠던 식물자원도 식량으로 활용할 수 있게 되니, 한곳에서 오래 정주할 수도 있게 되었던 것이다.

그러나 빗살무늬토기에 관한 유래를 시베리아지방의 영향을 받아 발생한 것으로 보는 견해가 지배적인 게 현실이다. 북유럽의 핀란드, 북독일 일내에서 번영했넌 캄캐라믹(kamkeramik)이 농쏙으로 전파되어 시베리아를 거쳐 한반도로 들어왔을 거라 믿는 데서 유래하고 있다.

그러나 우리의 토기와 제작방법이 다르고, 태토, 색, 문양구성이 달라 한반도의 빗살무늬토기는 한반도에서 자생한 것이라는 견해가 차츰 확대되어 가고 있다. 필자 역시 후자에 동의하고, 특히 방사성탄소연대 측정치에 따른 추정 연도를 더 신뢰하고 있다.

북구 즐문토기의 에니세이 강안(시베리아) 진출이 B.C 3000-2000경임에 비추어 한반도의 것은 B.C 3000경이라는 사실이 두 문화의 연결을 불가능하게 하는 것으로도 입증할 수 있다.

특히 한반도 중부 한강 하류 강안에서 발견되고 있는 바닥이 뾰족한 빗살무늬토기는 당시 한반도 토기의 독특함으로 볼 수 있다. 그런데 같은 모형의 토기들이 바이칼 호 주변에서 발견되고 있는 것이다. 이는 한민족 대이동기의 유물로도 볼 수 있다는 생각이다.

그러나 필자만으로는 이를 확인하기 위한 역할에 한계를 느끼므로 여기에서는 단서를 제공하는 정도 해두기로 하고, 앞으로 시간을 두고 이루어지는 개방된 조사와 연구가 이 가설의 구체화를 위해 확대 지속되어야 한다는 생각이다.

따라서 현재 필자가 할 수 있는 것으로 역사시대 그 이전 인류문화의 흐름에서 한민족 대이동의 족적을 찾아보려 한다.

참고로, 역사시대 이전 인류문화의 흐름이 "서쪽에서 동쪽으로, 북에서 남으로"라는 상식이 정통한 것만은 아니다. 예로, 시베리아 바이칼 유역의 신석기시대 후기 '세르보 문화'는 한반도의 첨저 빗살무늬토기보다 연대가 오히려 더 늦다. 또 하나 두만강 가까이에 자리 잡은 연해주 '보이스만 문화' 인골은 형질인류학적 분석을 통해 볼 때, 신석기 전기에 두만강 유역에서 북쪽으로 주민이동이 있었고, 그래서 지금의 에스키모인들은 바로 두만강 유역에서 북으로 이주한 '보이스만 문화'인들의 후예일 가능성이 높은 것으로 파악되고 있다.(정석배 문화유적)

이처럼 반대로 동에서 서로, 남에서 북으로의 문화흐름도 있었음을 알 수 있다. 한민족 대이동의 경우도 그와 같은 흐름으로 이해할 수 있다는 생각이다.

당시의 배달영역은 광활한 만주 지역을 위시해 한반도, 황해 건너 동이족의 나라 '소호국' 그리고 중국의 하북성, 하남성, 산동성, 강동성, 안휘성 절강성에 이르는 대제국이었다. 따라서 일산벌 주민들은 같은 배달형제국인 소호국과는 어떠한 형태로든 교류가 있었으리라 생각한다.

간빙기가 지속되면서 인구는 많이 늘어난 데다 시베리아의 기후 이변으로 혹독한 추위가 다시 밀려와 생존에 위협을 느끼게 되자(환국말 기후, 환단고기), 생존차원에서 따뜻한 곳을 찾아 서부로의 대이동을 결심하게 되었으리라….

한반도 일산벌에서는 해안을 따라 요동 지역을 경유해 **소호국**에 이르는 육로를 이용했거나, 아니면 배를 타고 황해(서해)를 건너 현지 동이인들과 함께 **산동성 소호국**에서 출발하게 되었으리라 추정하게 된다.

실크로드를 따라(당시, 아직은 미완의 길, BC 206-실크로드) 중국 대륙을 횡단해 **사마르칸트에 이르고**, 거기에서 다시 **투르크메니스탄-이란-이라크**를 거쳐 수메르 **에리두**에 이르는 대장정으로 생각해 볼 수 있다.(수메르/윤정모, 다산책방)

이와 같은 장대하고 광범위한 역사시대 이전 한민족의 역사 문화의 흐름을 이해하기 위해서는 **환국-수메르-몽골-중앙아시아-극동러시아-만주-동북3성**이 포함된 "**대한반도권**"이라는 큰 그림속으로 들어가야 한다는 생각이다. 따라서 책의 제목 "**수메르·한반도**" 또한 여기에서 유래하고 있다.

"**수메르·한반도**"는 **대한반도권**, 이는 한민족 한반도의 미래이다. 오늘의 한반도를 바라봐 보자. 거대한 대륙경제권 중국, 러시아와 거대한 해양경제권 미국·일본 사이에서 어느 풍랑에도 흔들리게 되어 있는 본태적 체질로서는 특단의 돌파구가 있어야 한다는 생각이다. 그 돌파구로 "**대한반도권**"을 생각해 보게 된다.

유럽에 게르만권, 아시아에 중화권 처럼 동북아에도 "**대한반도권**"이라는 인구 수 억의 **내수시장과 문화-경제 블로그**가 지극히 자연스럽게 이루어진다면, 한민족의 미레세기에 밝은 해오름이 될 수 있지 않을까, 그와 같은 염원도 이 책에 담아보았다.

7) 한반도의 중심 '달을성達乙省'(일산벌)

한반도의 중심은
고봉산을 품고 있는 고양벌
고봉산은 三國史記의 꽃
삼국사기의 꽃은 안장왕과 한 씨 미녀 간의 로맨스
로맨스는 고구려와 백제 간 목숨 건 사랑싸움
사랑싸움은 한반도의 역사가 되었네.

역사의 승자는
고구려의 안장왕도
신라의 진흥왕도
백제의 성왕도 아닌
고구려의 문자왕이었네.

문자왕은 장수왕의 손자였고
장수왕은 광개토대왕의 아들이었어요.
문자왕이 할아버지들의
위대한 정신과 업적을 기리기 위해
그들의 정복지 고봉산 - 일산벌에

"달을성達乙省"을 건설하기에 이른다.

거기는 한민족 유민들이 모여 숨 쉬는
한반도의 중심이요, 그 성현이
오늘의 백만이 살아가는 고양시인 것이다.

이리하여 고양시의 역사가,
'명칭'으로부터는 600년이요.
'가와지 유적'으로부터는 5000여 년이나 되네요.

수메르시대(신석기-청동기-철기시대) -
군장국가시대/臣濆活國(臣幘活韓?) -
고구려시대/달을성현達乙省縣/문자왕 -
신라시대/고봉현/교하군속현/757. -
고려시대/고봉현/양주군속현/1018.
조선시대/고봉현/ 양주군속현/1394. 그리고
통합고양현(1413.) - 고양시까지….

그래도 통합이전까지 영역의 변화는 없었으므로, 최초의 행정명 기록에 따라 이 지역(고봉산+일산벌)을 "달을성達乙省"으로 총칭해 써 나가려 한다.

이는 곧 한민족 불멸의 역사이리라….

8) 달을성을 지켜온 '고대성곽체계'

옛 "고양 달을성"에는 북쪽의 고구려, 말갈, 중국군현들의 남진으로부터 보호받을 수 있는 천혜의 장애물 임진강이 있었다. 지리적인 특이성 때문에 군장국가시대 이래로 임진강을 중심으로 영역을 확장하려는 각축전이 전개되곤 했다. 이 지역의 영유권에 따라 삼국의 흥망성쇠가 되풀이되었다는 점에서 그 중요성이 크다고 할 수 있다.

문헌상에 처음 나타난 것은 백제의 온조왕 18년, "임진 강안에서 말갈군대를 생포하였다."라는 기록이다. 이는 백제 초기부터 고구려 세력하에 있었던 말갈靺鞨이 원산만 방면에서 철원-파주-연천에 이르는 추가령 구조곡을 따라 백제를 자주 침략했다는 의미이다.

그리고 장수왕의 평양천도, 475년 한성정벌이 이루어지면서 임진강 유역을 비롯한 한강 유역은 고구려가 장악하게 된다. 그 후부터 백제와 신라로부터 견제를 받아오다가, 553년에는 신라 진흥왕이 기습적으로 차지하게 됨으로써 영역 확장전쟁이 계속되어 갔다.

삼국사기 신라본기에는 638년에 신라가 임진강유역까지, 고구려가 638, 660년에 신라의 북한산성을 포위했다. 그리고 임진강안의 칠중성이 고구려 성으로 기록돼 있다.

이렇듯 옛 고양 "달을성" 지역을 비롯한 내륙의 곡창지대와 한강 연안의 전략상 중요한 거점들을 방어 내지 확보하기 위해서는 임진강을 따라 거점 성곽 간을 연결하는 관방체계가 필요했던 것이다.

달을성현의 고봉산성이 축이 되어 행주산성-심학산보루-오두산성-대전리산성-아미성-칠중성-육계토성-호로고루성-그리고 수많은 임진 강안 보루들이 북방으로부터의 침입을 막아주고 있었던 것이다.

특히 한강은, 전략적 배경으로 하고 있는 오두산성-심학산보루-고봉산성-행주산성이 연중 깨어 긴장이 흐르던 성채들이었고, 그중에서도 "관미성"(오두산성/논쟁 중)은 난공불락의 성으로 세계전쟁사에서 다루어질 정도로 매우 중요한 성채였다. 이 모두가 불멸의 한반도 달을성을 지켜준 힘이었던 것이다.

1
수메르는
'달을성'(일산벌)
문화

1) 수메르는 '달을성'(일산벌) 문화

오천여 년 전, 티그리스·유프라테스 두 강 사이 하류 지방 '수메르국', 그 수메르인들은 이미 파종량의 80배에 이르는 수확량을 기록으로 남겼던 선진 민족이었다. 더구나 흙을 재료로 해 집을 짓고 토기를 사용했으며 이미 글이 있어 점토판에 설형문자까지도 남겼던 민족이었다.(점토판)

또한 그들은 물을 활용할 줄 알았다. 두 강이 날라 주는 충적층의 토양이 관개농업을 수월하게 했고, 물이 교통과 수송의 주된 수단이 되었다. 그리고 밀·보리 농사에까지도 작열하는 태양 아래에서 수로를 활용한 관개농업으로 생산성을 높여 갔던 것이다.

수메르농업의 비밀은 '**농사력**農事歷'으로 불리는 점토판을 통해서 알려지게 되는데, 다음 대 자식에게 그것을 가르치는 내용이다.

"증수기엔 우선 수문을 열어 물을 댄다. - 잡초를 짓밟아 뭉개고 - 경기에 소를 들여보내 평탄작업을 하고 - 두 종류의 쟁기로 경기를 파헤친다. - 그리고 파종작업은 쟁기질과 동시에 한다."(점토판)

파종을 쟁기질과 동시에 함으로써, 씨앗을 필요한 만큼만 줄뿌리기를 하게 되고, 작열하는 태양 아래에서도 습기 보존으로 발아율이 높아지고, 성장 또한 촉진되어 수확량이 높아졌던 것이다.

이와 같은 조파법은 이미 배달-고조선에서 유입되어 한반도 일산벌에서도 실시되고 있었던 것으로 보여진다. 근거로는 일산벌 가와지 유적지에서 발굴된 5000여 년 전 씨앗들의 분포 상황을 들 수 있다. 지하 1-3m 토탄층의 회색 뻘층에서 발견된 씨앗들의 분포상황이 당시 줄뿌리기를 했음을 추정하게 한다. 그리고 당시 일산벌에서 벼농사의 주적은 잡풀이었고 이를 제거하려 2-3회의 논매기를 고달프게 해야 수확을 바라볼 수 있었다.(민속호미걸이) 수메르에서의 주재배는 밀·보리였다. 주재배를 쉽게 할 수 없는 환경이지만 작열하는 태양 아래 보리 재배에도 성장을 돕기 위해 이미 익숙해진 관개농법을 활용했던 기록이 보인다.

또 하나, 양 지역은 모두 큰 강 하류로 물의 범람이 심했고 자연의 배려에 따라 풍흉이 갈리게 되므로, 자연의 위력에 의지하려 한 도당굿과 같은 의식 행위가 생활 속에 묻어있는 것도 비슷하다. 예로, 수메르의 길가메시가 태양신 '우투'에 호소하는 시, "우투여./당신에게 말하고 싶다. 나의 신이여!/태양은 이 지상에 밝게 빛나고 있다./그러나 내게는 암흑이다…."가 있으며, 일산벌에서도 한강 강안을 따라 휜돌제, 풍어제, 도당굿 등 다양한 자연신에 대한 제의가 있어 왔다.

또한 내세관도 비슷해 보인다. 수메르인들은 영혼이 있어 사람에게 위해를 가할 수도 있다고 생각해 '반인반수의 괴력' 같은 설화를 남기고 있는데, 일산벌 대화마을에서도 용이 못된 이무기를 위로하기 위해 생닭을 잡아 주는 '용구재 이무기제'를 매년 지내오고 있다.

또한 일산 주엽동 농가의 생활상과 비슷한 기록도 보인다. "書記學점토판"에서다. 이는 서기학을 공부하던 학생이 학교에서 돌아온 이후부터의 생활을 작문해 놓은 점토판 글이다.

"목이 마릅니다./물을 주세요./배가 고픕니다./빵을 주세요./발을 씻어 주세요./침대를 내 주세요./저는 잡니다./아침에 깨워 주세요./어머니 앞으로 가./도시락 주세요./학교에 갑니다."

놀라울 정도로 일산 지역 학생들 그리고 옛 서당 학동들의 생활과 대화가 비슷하게 이어가는 것을 볼 수 있다. 또한 그들은 60진법을 사용했다. 일산벌 선인들도 60진법인 '60갑자를 오래전부터 사용해 오고 있었다. 그리고 도덕주의를 중시했던 임금, 스승, 아버지를 똑같이 받드는 문화의식은 서양의 도덕·윤리의식에서는 찾아볼 수 없는 사상이었다. 이것은 우리의 삼신문화에 뿌리를 둔 군사부일체에서 비롯된 것이다.

그 외 식생활에서도 유사점이 발견되고 있다. 기름나무라며 참깨를 심어 식재용으로 활용했고, 마늘을 즐겨 먹었고, 과일로는 배-사과-포도-무화과, 그리고 소-양-돼지-염소를 가축으로 활용했던 기록도 보인다. 또한 수메르 사회는 모든 일에 계약문서를 만들 때 도장을 찍어 보관하기 위해 우리에게 익숙한 원통도장을 사용했던 흔적도 보인다.

천문학에서의 일식-월식과 같은 대기권 속에서 일어나는 여러 변화를 국가나 개인의 길흉에 의미를 두었음도 확인되고 있다.

또한 빗살무늬토기가 가와지 유적지를 비롯해 공릉천변과 일산벌 그리고 한반도 중부 서해안 여러 곳에서 발견되고 있는데, 이는 한민족 이동기의 흔적을 가늠해 볼 수 있는 척도로 활용될 수도 있다. 수메르가 번영했던 이라크 지역은 물론-모스크바-우랄산맥-시베리아-바이칼 호 지역에 이르는 곳에 널리 분포되어 있는 것으로 보아 한민족의 이동에 따른 동일문화의 흐름이었음을 알 수 있게 한다.

이처럼 서로 다른 두 지역이었는데도, 물을 이용한 같은 농시법이 응용되었고, 자연신에 대한 숭배문화와 교육문화 그리고 생활양식이 비슷했다는 점은 원류가 동일 지역 같은 민족이었을 가능성이 높게 판단할 근거라 할 수 있다.

2) '달을성'의 선민은 한민족 유민들

환국-한반도에서는 곰토템이 고대국가의 건국신화로 구전되어 오고 있었다. 인류문명이 석기에서 청동기로 전환하는 시기에 국가가 출현하게 되는데, 그 국가는 인간과 호완적 존재로 신성시되던 '곰토템'의 붕괴와 함께 이루어져 왔다.

우리 한민족에게도 믿음이 있었다.
환인-환웅-단군, 삼신사상이다.
거기에는 환웅천왕이 등장한다.
그가 바람, 비, 구름을 부르고,
곡식 수명 질병 선악까지도 주관한다고 믿었다.

그러나 환국의 말기에 이르자 혼란기를 틈타 다루기 힘든 강족이 생기게 되는데, 호虎족과 웅熊족이었나 보다. 하루는 신의 계율을 지켜 바른 사람이 되겠다며 신단수에 와 간절히 소망한다. 환웅께서 이를 듣고 교화할 수 있겠다는 생각에 기도의 과제를 주고 기다린다. 웅족은 배고프고 추운 것을 견디고 새사람이 되었는데, 호족은 게을러 금기를 제대로 실행하지 못해 마을에서 쫓겨나고 만다. 그리하여 웅족은 바른 여자로 화신했으나, 호족이 바른 남자가 못

되어 쫓겨났으니, 임신에 문제라… 매일 신단수 아래에서 서성인다. 사정을 안 환웅천왕이 변장해 혼인해 잉태하니 그 아이가 단군왕검이라… 그가 창건하니 나라 단군조선이 되었다 한다. 이는 구전되어 오고 있는 신화 중 일부이다.

그 후손들이 신석기 때 남쪽으로 이동해 한반도로 들어오게 되었으리라는 견해가 있다. 그러나 간과할 수 없는 또 다른 기록이 있다.(사마천 사기)

중국 진나라를 무너뜨리게 한 초한전쟁의 패권은 유방이 쥔다. 그는 당시의 위세만 믿고 동이족의 나라를 감히 넘보다 포위되는 등 수모를 겪는다. 기가 꺾인 유방은 불공정한 내용을 알면서도 흉노의 속국에 준하는 화친을 맺기에 이른다.

한나라가 흉노로부터 다시 독립하기 시작한 것은 한무제가 등장하면서부터이다.(BC 141) 동이족으로 보는 흉노와 한족 간의 전쟁은 무려 120년간이나 지속된다. 그리고 **고조선의 몰락과도 때를 같이 한다**. 전쟁에 패한 **동이족과 고조선 유민들은 대이동**이 시작된다. 그 일부는 서부 유럽으로도 이동해 갔지만 많은 수는 **산동반도-만주-한반도**에 이르게 된다.(사마천 사기)

마침 임진강 여울 '호르무르'에는 장마기가 아니면 배 없이도 건널

수 있는 유일한 수로가 있었다. 그 여울 '호르무르'을 통해서 그들은 남으로 임진강을 건너 한강을 건너기 전 일산벌에 정주해 토착민들과 만나게 된다.

원주민보다 더 많아진 강안 일산벌 지역은 인구 폭증으로 혼란에 빠진다. 그러나 유민들은 선진문명 청동·철기문화를 터득했던 선민들이라 선진 농법으로 농사부터 짓기 시작해 식량문제를 먼저 해결시킨다. 배부르니 사회도 안정되어간다.

이로써 시원 조상(환인)이 중앙아시아에서 최초의 나라 환국桓國을 세운 이래(B.C 7199-3898)-한민족 배달나라(B.C 3898-2333)-고조선(B.C 2333-108)으로 이어오다가 한무제에 패해 발생된 한민족 유민들이 임진강 아래 고양 지역으로 흘러들게 됨으로써 고양벌 토착민들과 합류하게 되고, 그들에 의한 청동기·철기문화 유입으로 동북아에서의 선진 농업생산성 도시로 발전해 가게 되었던 것으로 보고 있다.

3) '달을성達乙省'은 광개토대왕, 장수왕의 혼의 도시

마지막 빙하기가 지나고 간빙기에 들어서면서부터 어디로부턴가 들어와 주거지를 형성했던 흔적들, 공릉천변의 즐문토기(빗살무늬토기), 창릉천변의 토기·석기, 성사천의 동모용범, 일산 신시가지의 찍개, 끌개, 몸돌 등 이 모두가 신석기시대-청동기시대의 유물들이라 이곳의 공동주거를 늦추어 보아도 5000-6000여 년 전으로 추정하게 한다.

고봉산을 중심으로 한 달을성達乙省은
고구려 문자왕에 의해서다.
할아버지는 장수왕이었고,
증조부는 광개토대왕이었다.
할아버지가 장수하다 보니
아버지는 왕위에 올라보지도 못한 채 죽게 되었고,
그래 장수왕은 문자왕을 더 애틋해 했던 것 같다.

어려서부터 기마술에 달인이셨던 할아버지들을 경외하게 되었고, 그들은 커가면서 더욱 그의 표상이 되어 할아버지가 정복한 북한산과 연계되는 고봉산과 일산벌 지역에 북한산군의 속현을 설치해 “**달을성현**達乙省縣”으로 이름지어 부르게 한다.

여기에서의 ‘달’자는 말을 타고 멀리 잘 달린다는 의미로 할아버지들을 영원히 기리려 했던 것 같다. 따라서 자연스럽게 **광개토대왕과 장수왕**의 기백과 혼이 이곳에 묻어 있게 된 것이다.

4) 무예강성 '달을성'

달을성 주민 중
상당수가 고조선 유민들
그들은
철 제련기술이 뛰어나
철의 강도를 높일 수 있었고
최강의 검을 만들 수도 있었다.

무기의 우위는 그들을 출전하면 이기는 승전부대로 만들어 영토 확장에 크게 기여하였다.

또한 그들은 맨손무술에서도 두각을 나타내 백병전에서 역시 뛰어난 모습을 보였다. 이렇게 되기까지엔 그 간 수 세기에 걸쳐 군장 국가들의 격전장이 되어왔던 데 힘입은 바 크다.

한강 하류 연안인 관계로 최고수의 무인들이 경쟁적으로 모이게 되었고 그들에 의해 다양해진 무예 중에서 우수성에 따라 취사선택 되고 필요에 따라 여러 기술이 통합되어 훈련되다 보니 우수한 군사를 확보할 수 있었던 것이다.

그리고 고구려시대에 와서는(광개토왕-장수왕시대의 일산벌은 고구려지배권 내) 광업-농업-목축업이 발달하고 있었다.

특히 요동지방의 철광석은 질적으로도 우수했고 그 생산량도 많아 서로 차지하려 자원전쟁이 끝이지 않았는데, 그때마다 승전한 광개토대왕은 아예 수복지역에 철광업을 본격적으로 발달시켜 군사력 증강으로 이어갔었다.(한단고기)

당시 동북아 최고 강국인 북위조차도 고구려의 군사력을 두려워하기에 이른다. 예로 백제의 개로왕이 북위에 밀서를 보내 같이 고구려를 치자고 제안을 했는데, 북위에서는 고구려의 군사력에 부담을 느껴 밀서 자체를 고구려에 일러바치고 만다.

그로 인해 고구려 장수왕이 475년 백제 보복 공략에 나선다. 7일만에 북한산성을 점령해 백제 개로왕을 사로잡아 아차산으로 끌고가 처형시키는 대사건이 벌어진다. 이로 인해 백제가 한성을 잃고 남쪽 웅진(공주)으로 한을 품고 떠나야 하는 역사적 대사건이 벌어지고 만 것이다.

그리고 그 이전 246년경에 있었던 "기이영 전투와 멸한滅韓 사건"에서도 유추해 볼 수 있다. '삼국지 위서 동이전 한전기록'에 남긴 이 사건으로 임진강 아래이면서 한강 하류 어딘가에 무예

강국이 있었음을 예지하고 있는데, 필자는 고양 달을성 선민들로 보고 있다.

5) 창조경제 '달을성'

14세기에 들어오면 로마제국의 옛땅 피렌체에는 세계적 부호 메디치 가문이 등장한다. 그는 피렌체에 레오나르도 다빈치, 미켈란젤로를 비롯해 세상의 온갖 창의적인 사람들을 다 불러들인다. 서로 다른 재능과 지식을 갖춘 예술가, 과학자, 시인, 철학자 그리고 건축가들을 초청해 그들을 교류하게 한다. 서로 다른 재능으로 뭉친 그들이 서로 소통하게 되자 마침내 창조와 혁신인 "르네상스"가 탄생하게 된다.

당시 우리나라는 조선조가 출발해 20대 경종에 이르는 기간이다. 불행히도 우리에게는 권력을 차지하려는 수차의 정변이 있었고, 나라를 잃을 뻔했던 임진왜란과 호란도 있었다. 그로 인해 백성들의 생활은 빈약하기 그지없어 절망 속에 빠져 있었다.

그래도 다행이라면, 우리 민족에도 이미 창조경제를 터득하고 국가 정책으로 수용했던 성현이 있었다는 점이다. 한강 하류 일산벌을 차지한 **"달을성현"이었다.** 유민들의 창의력을 바탕으로 고조선의 첨단기술에 융·복합해 새로운 시장과 먹거리를 창출해 내는 창조경제를 그간의 원시농업에 도입했던 것이다. 이로써 새로운 성장과 도약을 이루게 했고, 그로 인해 동북아에서 선진 농업생산성 지역으로 부상하게 된 것이다.

이와 같은 분위기와 정신은 그 외의 산업에까지도 파급되어 신라시대에 와서부터는 **향**鄕·**소**所·**부곡**部曲이라는 주거 지역별로 적합한 산업단지를 조성해 경제발전에 활력소가 되게 한다.

세종실록지리지에 나오는 '황조향荒調鄕', 오늘의 주엽동 일대로 보인다. 당시에는 잦은 한강의 범람으로, 논농사가 어려워 어렵게 생활했을 것으로 여겨지나 갈대를 이용한 다른 수공업 생산단지가 있었으리라 예상된다. 그리고 차츰 농업생산성도 높아져 부자 농가들이 많았던 것으로 기록되고 있다.

'장사향長史鄕'은 주엽동과 그 주변이라 기록하고 있으나 정확한 위치는 아직 확인되지 않아 '장항동' 일대로 추정만 하고 있다.

'파을곶소巴乙串所'는 행주산성 아래에 있는 행주 내·외동으로, 웅이나 민물고기, 갈대 등 가공공장이 있었고, 조선소를 두어 다양의 배를 만들어 나루마을로서 위상이 높았던 기록이 있다.

'건자산소巾子山所'는 원흥동 고려청자 도요지로, 도공들을 비롯한 산업인력이 가장 많이 살았던 곳이다. 청자를 비롯한 많은 자기들이 행주나루를 통해 중국까지도 수출되었던 것으로 보인다.

그리고 '율악부곡栗岳部曲'은, 일산 9리 밤가시 마을로 추정되는데, 생활용품 생산단지로, 그 위상이 높았고 또한 밤을 비롯한 농산물 생산단지로 그 역할이 컸을 것으로 추정된다. 그리고 인접해 있는 이웃 저동마을에서는 닥나무들이 많아 문종이를 생산하는 가내공장들이 많았고 생산품들은 행주나루를 통해 전국은 물론이고 중국에까지도 수출되었던 것으로 보인다.

6) 고봉현高烽縣 + 우왕현遇王縣 시대

때는 757년, 신라시대다.

그간의 고구려와 백제의 흔적을 지우기 위해 달을성현 지역에 고봉현을 설치해 교하군의 속현이 되게 하고, 개백현皆伯縣 지역에는 우왕현遇王縣을 설치해 한양군의 속현이 되게 한다.

신라 진흥왕이 한강 유역을 기습적으로 점령함으로써 그간의 삼국체계가 완전히 헝클어지게 되었던 것이다. 신라는, 반도의 중부와 한강 점령으로 인적 물적 자원의 획득은 물론 고구려 백제 간의 중간을 끊고 강력한 군단을 배치하여 중국과 직접 통하는 문호를 얻게 되었다.

이는 군사, 정치, 외교상에서 장차 반도의 주인이 될 수 있는 지리적인 조건을 이미 갖추게 된 것이었다.

그 후 고구려와 백제는 여제동맹으로 맞서 온달장군을 내세워도 보지만 실패하고 만다. 그 후에도 수차에 걸쳐 한강 유역을 탈환하기 위한 쟁탈전은 계속되니 삼국통일전쟁은 이미 이때부터로 보아야 한다는 생각도 하게 된다. 끝까지 이 지역을 확보한 나라가 통일 주역이 되기에….

다음은 나라 간 로맨스 이야기로 옮겨가 보자.

고구려 안장왕과 백제 일산 대갓집 한 씨 미녀 간의 로맨스로 이로 인해 삼국사기가 아름다워지고 해상잡록이 부드러워졌다는 그 로맨스가 아직은 구전으로만 들리고 있었다.

그러나 통일신라시대에 오면, 안장왕과 한 씨 미녀간의 뜨거운 로맨스가 기록으로 남겨져 중요 이슈가 되어 간다. 한 씨 미녀 한주가 애인 안장왕을 만나기 위해 높은 산에 올라 봉화를 올렸다는 내용까지 알려지게 되어 고봉산을 중심으로 한 달을성현 지역을 "高烽縣"으로 명명하기에 이른다. 높은 산에 올라 봉화를 올렸다는 의미로 봉자烽에도 불화변을 강조했고, 우왕의 경우도 만날우자를 취해 개백현 지대에서 안장왕과 주민들이 만났다 해 "遇王縣"으로 명명했던 것이다.

여기까지 오는 데는 고구려 안장왕과 백제의 무령왕 그리고 성왕 간의 수차에 걸친 전쟁이 있었다. 이기고 지는 게 문제가 아니라 애인을 만나는 게 목적이 되어 3만 이상이 동원된 사랑전쟁은 수년에 걸쳐 이루어졌던 것이다.

그 무렵에 수청을 끈질기게 요구해 왔던 백제 태수에게는 한주가 시를 읊어 거절한다. "이 몸이 죽고 죽어 일백 번 고쳐 죽어 백골이 진토되고, 넋이야 있건 없건 임 향한 일편단심 가실 줄이 있으랴….”로 전해오는 **단심가**가 이 무렵 한 씨 미녀 한주의 작품이었다는 주장이 나오게 된다. 그리고 “춘향전”의 줄거리로 보아 위의 이야기가 현대 **춘향전의 원전**일거라는 주장 또한 등장하게 된다.

7) 고봉현高烽縣 + 행주(덕양)현幸州縣 시대

때는 고려시대다.(현종, 1018) 최초의 통일, 왕건은 가장 위대한 정치가였다. 왕건의 정치적 경륜이 아니고서는 불가능한 일이었다. 지방에 흩어져 있는 호족세력의 향배는 삼국통일의 관건이었다. 사정에 밝은 왕건은, 건국 초부터 호족처리를 최우선 정책으로 삼았다. 호족세력은 지방에서 반독립적인 세력을 구축하고 있어서 그들의 효과적인 통제가 관건이었던 것이다.

당시 평양을 중심으로 한 지역은 당의 세력이 밀려간 후 왕권의 공백 상태에 있었는데, 왕건은 이 지역을 왕권을 강화하기 위한 세력기반으로 구축해 갔다. 그리고 평양을 서경으로 고치고 개경에 버금가는 여러 제도를 설치했다.

그간의 우왕현 지역은 양주군 속현 행주현幸州縣으로 하고("행주"는 임금이 즐겨 나들이하던 행행行幸이라는데 의미를 두고 있었다.) 고봉산을 중심으로 한 기존의 고봉현을 역시 양주군 속현 고봉현高烽縣으로 명명하게 되는데, 아직도 봉자에는 불화변을 쓰고 있다. 이는 안장왕과 한주 간의 뜨거운 로맨스를 의미하는 것이리라….

8) 고양高陽시대(고봉현高烽縣 + 덕양현德陽縣)

1388년, 위화도 회군으로 정권을 잡은 이성계는 개혁파 신진 사대부들의 협조를 받고, 농민 출신들을 근간으로 한 군사력을 배경으로 새 왕조 건설에 심혈을 기울인다.

그렇지만 자신을 백안시하는 개경 백성들의 눈초리가 마음에 걸려 불안해하고 그래서 우선 개경을 떠나기 위해 도읍을 옮기고자 한다.

태조 일행이 한양을 답사하고 정도전을 다시 한양에 보내어 종묘, 사직, 궁궐, 관아, 시전, 도로를 구획케 하고 천도를 재촉한다.

그러나 그간의 무리로 태조가 병석에 눕게 되자 소위 왕자의 난이 벌어진다. 이와 같은 유사한 사건들을 거푸 겪으면서도 차츰 조선조는 안정을 찾아갔고 그 과정에서 대명외교관계 강화를 위해 명에 사절들을 파견하는 일이 잦아진다.

그 사절들의 대부분은 고양 지역을 통과해야 하므로 민폐 또한 심해진다.

당시의 노자를 보면, 국내에서의 여비는 경유지 인근 고을에서 부담하고 국경을 벗어난 경비는 정부 호조에서 담당하게 되어 있었다. 이로 인해 고양 지역의 재정적 피해는 엄청나게 커갔다.

그리고 고양 지역에는 유민들이 많았던 관계로 향鄕·소所·부곡部曲이라는 산업마을이 특히 많았는데 고려 이전부터 천민집단이면서도 특수행정구역이었던 향·소·부곡이 조선조 중앙행정조직과 제도가 정착되어가는 과정에서 태종 때의 지방조직 개편 차원에서 공식적으로 군현에 흡수되면서 많은 고양주민들의 숙원이 풀리게 된다. 그리고 1394년에는 고봉현에 감무가 설치되고 이어 한양군의 덕양현과 양주군의 고봉현이 합쳐지게 되는데, 서로의 군이 달라 명칭으로 논쟁이 많았다. 결국 한 자씩을 취하되 감무가 설치된 고봉현의 고자를 먼저 붙이기로 한 것이 바로 고양현高陽縣이 탄생하는 순간이다.

때는 태종 13년 1413년이다.

9) 미래 '한민족 통일 광역시대'

중세 유럽 메디치 가문은, 피렌체에 '레오나르도 다빈치'를 초대하고, '미켈란젤로'까지 초대해 최고의 대우를 해준다.

더불어 각 분야에서 창의력을 보인 지식인들을 초청해 아낌없는 지원을 하고 그들을 교류하게 함으로써 자연스럽게 르네상스시대가 태생하게 된다.

2차대전 후 빈약했던 이스라엘도 빠트릴 수가 없다. 보이는 게 사막이고, 돌산들뿐인 척박한 땅에서 먹거리를 찾기란 허망할 뿐이었다. 그러나 그들에게 이건 상식일 뿐이다. 그 상식을 초월해야 창조다. 모두가 각성하니 사막에서 토마토가 열리고 과일이 열리게 하는 기적을 이루어 농업 강국이 된다.

또한 오늘날 한 분야에서 세계시장 점유율 1-3위 중소기업을 1,500여 개나 육성시킨 독일, 그렇게 되기까지엔 독일의 '이중 교육 시스템'이 돋보인다. 이 모두가 창조경제였던 것이다.

그리고 우리에겐 한민족의 후예 **달을성현**이 있었다. 한민족 배달-고조선으로부터 밀려오는 유민들로부터 터득한 선진 기술을 융·복합해 창조경제를 꽃피웠던 것이다. 따라서 미래 한민족 통일광역경제는, 창조정신과 근면성 그리고 강인성을 갖춘 옛 '달을성현'에서 찾아야 한다는 생각이다.

우선 달을성, 즉 한반도 중심 지역의 역사적 지정학적 특이성을 고려한 미래 지향적 세계관에서 구상해볼 때, 한반도의 미래는 "역사와 문화"에 있다는 판단이다.

현재 고양시에서 구상하고 있는 JDS(장항, 대화, 송포) 및 대곡역세권 개발계획은 위대한 한민족의 자산이 될 것 같아 박수를 보낸다. 따라서 그 외적인 면에 한해 고양시의 미래를 제안해 보려 한다.

첫째는, K-POP도시, 이미 추진 중이므로 생략한다.

둘째는, K-Kyun도시, 태권도 문화도시를 의미한다.

세계태권도 동호인은 180여 개국 8000여만 명이나 된다. 그들 중 상당수는 한사코 종주국을 찾아 역사와 문화를 배우고 체험해 보고자 한다. 그러나 아직까지 그들의 관심에 부응해줄 만한 볼거리가 없는 게 현실이다. 여기에 초점을 맞추어 보자는 제안이다.

예로, 십이지신불한당몰이놀이+태권도문화접목, 호미걸이+태권도

문화, 행주대첩+태권도문화, 그리고 강안 강강술래+태권도문화 등을 창출해, 우리의 첨단 홀로그램 영상기술로 가장 한국적으로 연출된 공연(상연)을 함으로써 K-POP과 함께 공연 축제도시로, 유럽에 영국 에든버러라면, 아시아에는 코리아 고양으로 인식하게 되어 경제적 파급효과 또한 크리라 생각된다.

무주태권원은 경기·시설 등 하드웨어 위주이기에, 고양시에서는 취약부분인 소프트웨어 즉, 태권도문화를 가장 한국적으로 창출한 공연, 그리고 홀로그램 첨단 영상기술로 태권도종주국의 역사-문화와 스타들의 수련과정 등을 제작해 볼거리를 제공하자는 제안이다.

셋째는, K-TORY 도시(T: tradition, ory: story)

- 왕릉문화 1) 소재, 조선왕릉과 고려왕릉 2) 세계문화유산
- 태실문화 1) 소재, 서삼릉 태실단지, 세계 보물급/세계유일문화

더 자세히는 문정조 논문(행주얼) 참조

- 창작문학 1) 30여 소재 발견

예) 광개토대왕 혼의 도시, 고조선 유민, 불멸의 달을성 삼한선진문화는 고양-달을성으로부터, 왕릉문화, 수메르인, 수메르시대 농업 및 생활상 등….

넷째는, '신석기문화거리' 조성(주엽-대화),

먼저 신석기 둘레길과 야외전시장을 조성한다. 일산벌 가와지 볍씨, 빗살무늬토기 등의 유물을 위주로 하되, 실내 전시장과 연계시킨다. 거리는 주엽역에서 대화역에 이르는 구간이지만, 신석기 둘레길은, 좀 더 확대해 정발산에서부터 - 성저공원 - 가와지 볍씨공원 그리고 옛(수메르시대) 관개수로가 있던 주엽샛강 - 호수공원에 이르는 길을 두어 아주 오랜 선조들의 체취를 느껴볼 수 있게 한다.

다섯째, 유네스코에 "창의도시지정" 신청 추진

유네스코에서는 문화, 음악, 디자인, 공예 등 명품도시 간 네트워크를 활성화할 목적으로 창의도시를 지정해 오고 있다. 우리는 케이팝문화를 비롯한 태권도문화와 함께 "한류문화"를 캐릭터로 해 '창의도시지정'을 신청하면 가능성이 높다는 생각이다. 그 후부터는 자연스럽게 에든버러-볼로냐-베를린-센타페이 등의 명품도시들과 더불어 글로벌 문화관광 시장을 누빌 수 있으리라 사료된다.

10) 한반도 '배달해오름'

동쪽 새벽하늘
싱그러운 햇빛으로
붉게 물드리어 동티우고
아침산야
따뜻한 햇살 보내
조심스러이 깨우고야
해돋이 하네요.

이는 백성사랑이요.
한민족 창시이념 홍익이리라….

북한산에서 솟아
수천 년 품은 햇살
백운대 지나
원효봉 의상능선 넘으니
한반도 고양벌에 따스한 햇살 가득하여라.

온기 품어 묘 기르고
벼잎 키워 튼실히 영글게 하니
가을 마당마다 통 큰 노적가리라.
풍년가 불러왔네.

동쪽 샛바람
태백고산 넘고 넘어
힘들여 이르른 동풍
이윽고
북한산 허리 넘으니
고양벌에 안겨 사푼히 잠드네.

그래도 훈훈한 여름비 불러와
논물 채워 벼 성장시키니
가을 마당마다 벼멍석들 차지라
웃음꽃 환했네.

그렇게 이어와 생명 일으키는

밝은 명월에 훈풍 이는 한반도 고양벌,

그 뿌리에는 한민족

배달-고조선 유민이 있었네.

불멸의 고도 달을성이 있었네.

인류 최초문명 '수메르'시대

'일산벌 가와지' 선민들이 있었네.

6000여 년을 숙성시켜온 한민족,

이제 신한류 문화도시로, 새롭게 거듭나려 하네.

이제 평화통일광역국가로, 한민족에 희망 주려 하네.

2
역사가
시작되는 땅

1) 인류의 최초문명 '수메르'

19세기만 해도 고대에 수메르인이 존재했다는 사실 자체를 아무도 몰랐다. 메소포타미아문명을 아시리아와 바빌로니아 것으로만 알고 있었던 것이다.

수메르인이 알려진 건 20세기에 들어와서인데 놀라움 그 자체였다. 서양문화의 근원지 그리스문화, 그 시조 격으로 보았기에 놀람이 더 컸던 것 같다.

수메르인들에 의한 최초의 것들을 보면, 글자-학교-문학-신학-수학-천문학-신전건축-프레스코-모자이크-벽화-계획도시-고층건물-화폐-음악과 악기-야금술-바퀴-의학-조각-보석-왕조-법률-사원-달력 등 무려 100여 가지나 된다. 그중에서도 가장 중요한 것은 '문자'였다.

수메르인들은 신전을 지어 제사 지내는 행위를 중요시했다. 제사는 그해 거둔 곡식-가축-노예 등을 제물로 바쳤는데, 그 제물의 품목을 그림으로 기록했었다. 이런 초보적인 문자가 곧 상형문자가 되고 그림문자가 개념을 표기하고 발음을 가지게 되면서 단어문자로 발전한 것이다.

신전건축이 과학기술을 발전시켰고, 제련기술이 용광로를 발명하고 제련금속을 만들었다.

청동(구리+주석)은 녹는 온도가 낮아 녹이기가 쉬웠고 구리에 비해 더 단단해서 도구를 만드는 데 유용했었다. 이와 같은 청동기가 수메르의 도시화를 촉진했고 본격적인 인류문명의 시작을 알렸던 것이다.

당시 우르크는 인구 45,000명으로 큰 도시국가였었다. 도시에서는 정치-경제-군사-생활 등이 모두 신전을 중심으로 이루어지는 신전 공동체 국가였다.

우르크에서 왕실분묘가 발견되었는데, 가구-침구-악기 그리고 여왕의 시체와 함께 시녀 28구가 같이 발견되었다. 왕이 죽을 때 신하-시종-노예를 함께 묻는 순장풍습이 있었던 것이다.

또한 수메르 사회는 모든 일에 계약문서를 만들었는데, 도장을 찍어 보관하기 위해 우리와 익숙한 원통도장을 사용했던 흔적도 보인다. 그리고 모자이크로 장식된 하프에는 암소의 머리가 장식되어 있다.

수메르 신화는 창생신화와 '하늘에서 온 사람들'의 이야기를 갖고 있었다. "45만 년 전에 하늘에서 신들이 강림하게 되는데, 무리 중

최고신의 이름은 안(An) 또는 아누(Annu)라 불렀다." An의 상징은 수메르, 곧 '소'였던 것이다.(수메르문명, 홍익희, Pubple)

2) 수메르시대의 한반도 '일산벌'

신석기시대의 가와지 볍씨와 즐문토기, 청동기시대의 다수의 볍씨, 보리씨-오이씨-박씨 등 300여 점, 그리고 수렵, 채집인들의 생활터와 주위의 오리나무, 물푸레나무, 씨앗-꽃가루-숯-동물들의 뼛조각 등….

이들을 통해 한반도 농사기원에 대한 새로운 사실이 밝혀지게 되었고, 같은 수메르시대에 이곳에서도 벼, 보리를 비롯한 농작물의 재배법과 당시의 주거상을 알아볼 수 있었다. 또한 찰흙띠 겹입술토기를 통해 당시 사람들의 문화상도 살펴볼 수 있었다. 특히 5천여 년 전의 볍씨 발견은 선사시대 벼농사의 기원과 발달에 대한 연구에 새로운 자료가 될 수 있었다.

그리고 간과할 수 없는 것은 빗살무늬토기의 분포상황이다. 빗살무늬토기는 '시베리아 기원설'로 논란이 있기는 하나, 한반도 토기가 천여 년이나 앞서 있다는 '방사성탄소연대측정' 결과가 더 신빙성을 가진다. 수메르시대의 일산벌 가와지 유적지를 비롯해 지영동, 신원동 공릉천변, 오부자동 창릉천변에서 빗살무늬토기가 발견되고, 그 외 한반도 중부지방 서해안 여러 곳에서도 발굴되고 있다.

이는 수메르가 번영했던 이라크를 비롯해, 모스크바-우랄산맥-시베리아-바이칼 호에 이르는 광활한 지역에 분포하고 있는 토기라는 점에서 한민족 대이동의 흐름을 가늠해 볼 수도 있게 한다.

놀라움은 또 있다.

한반도에서 쓰였던 밑이 뾰족한 '첨저토기'가 바이칼 호 지역에서 발견되고 있다는 점이다. 여기는 한민족의 시원 조상 환인이 세운 환국桓國이 있었던 지역이다.

이 모두는 빙하기를 전후에 먹거리를 찾아 그리고 추위를 피해 이루어졌던 한민족의 대이동에서 그 이유를 찾을 수 있으리라….

3) 수메르, 어느 '학생의 일기장에서'(점토판)

열심히 뛰어갔지만,

오늘도 수업시간에 늦고 말았다.

용서를 빌었지만,

선생님은 끝내 회초리를 들으셨다.

수메르어 선생님이 들어 오신다.

한눈판 사이 왜 수메르어를 말하지 않느냐

핀잔을 주신다.

글씨가 엉망이라며 야단을 치신다.

서기관 되려 하는 공부

이렇게 힘들어서야….

4) 수메르, 어느 '학부모의 편지'(점토판)

수메르어는 어렵다.

누구나 글을 읽을 수 있는 것은 아니었다.

왕조차도 글을 읽으면 자랑이 되던 때이다.

그렇다면 글을 쓰고 읽는 사람은…

바로 서기관들이었다.

그들은 국가의 관리이자 선생님이었다.

서기관이 되려면, 경쟁이 치열해

당시에도 과외 수업이 성행했나 보다.

주로 고위 관리들의 자녀들이 학교를 다녔으니….

당시의 학교도 재미없고,

공부가 싫어서 학교 근처를

방황하는 학생들이 있었나 보다.

애를 태우는 부모의 심정이

점토판 편지에 절절하다.

예나 지금이나 학생과

부모들의 고민은 비슷해 보인다.

5) 전쟁과 선도시 탄생

왕과 제사장은 신들과 소통을 하면서
자신들의 권력을 유지하고
백성을 통치하는 수단으로 삼았다.
신이 머무는 거대한 지구라트 신전,
실제적으로 인간과 백성을 통제하고 있었다.
따르지 않으면 전쟁설로 위협한다.

BC 3200년경부터 수메르에는
많은 도시국가들이 성장한다.
통치자들은
관계 사업을 위해 서로 손을 잡기도 했지만,
건축재 진흙을 차지하기 위한
'우르크'와 '기시간'의 전쟁처럼,
탐욕 때문에 침략전쟁을 일으키곤 했다.

전쟁은 계속된다.

청동제 무기와

신의 뜻을 앞세운 전쟁을 통해

큰 도시로 통합되어 갔다.

'키시'

'우르크'

'리가시'와 같은

이웃을 지배하는 도시들이 탄생한 것이다.

6) 에덴동산과 홍수

수메르인들이 살던 땅이 처음부터 낙원이었던 것은 아니다.
그런데도 그들은 작열하는 태양 아래 흙과 물을 재료로
"에덴동산"의 건설에 모두를 걸었다.
그러나 결코 쉬운 일이 아니었다.
그들의 생활을 위협하는 해충-맹수-독사-병원균,
거기다 이민족들의 침입까지 막아야 했다.

이집트를 '나일의 선물'이라고 하듯,
메소포타미아도 두 강의 선물이었다.
그러나 나일 강의 범람은 정기적인 것이었고,
티그리스·유프라테스 두 강은 나일에 비해
다루기가 훨씬 힘들었다.

홍수의 피해는 흔한 일이었다.
예로, 층상層狀의 취락 유적인 '텔(테페)'이라 부르는
언덕을 파 내려가면, 두터운 점토층에 부딪치고 다시
그 아래에 주거의 흔적이 발견된다.
이것이야말로 수메르인들이 실제로
홍수에 엄습 당했던 것을 입증하는 것이리라.

3
'5000. 겨레'
울림

1) 민족자존(중국 한나라에 맞선)

(삼국지 위서 동이전의 "기이영 전투와 멸한 사건")

한강 하류 일대의 주거흔적은 신석기시대에 와서야 나타난다. 지영동, 신원동, 오부자동, 관산동, 오금동, 지축동, 백석동, 그리고 공릉천변에서의 빗살무늬토기를 비롯한 다양한 토기들이 발견되는 것으로 보아, 6천여 년 전에 이미 강 하류 여러 지역에 주민들이 살고 있었으리라. 그 후 한반도와 남만주 일대에서는 부여夫餘, 예맥濊貊, 고조선古朝鮮, 임둔臨屯, 진번眞番, 삼한三韓 등의 부족연맹체가 형성되게 되는데, 그중에서 가장 강력한 연맹체를 형성하고 있던 나라는 고조선이었다.

그러나 준왕準王 때에는 위만衛滿에게 나라를 빼앗기고, 그 후 위씨조선 역시 3대를 넘기지 못하고 한무제漢武帝에게 패하고 만다.(B.C 108) 그들의 세력하에 낙랑군樂浪郡, 진번군眞番郡, 임둔군臨屯郡, 현도군玄도郡이 들어서 불행이 시작하게 되는데, 고양 지역을 비롯한 토착세력의 저항으로 40여 년 만에 진번과 임둔이 폐하게 되고, 대신 옛땅에 대방군帶方郡이 들어서게 된다.

이와 같은 변혁을 겪을 무렵 삼국지 위서 동이전 한전에 '기이영崎離營 전투와 멸한滅韓 사건'이라는 중요한 기록을 남기고 있다. 수

집된 자료들을 참고로 해볼 때 246년경에 임진강을 건너 대방군의 기이영을 공격해 갔던 소국은 신지격한(臣智激韓=臣濆沽韓, 臣幘活韓?)으로 보여지는데, 그 나라는 오늘의 일산벌 일대로 추정된다.(문정조 논문/행주얼38.)

임진강 연안 고대사에서 이 사건이 중요시되는 데는,

첫째로 그간 상대적으로 강하게만 여겨왔던 대방군 영내를 감히 공격할 수 있을 정도로 군사력을 갖춘 한민족의 집단세력이 한강 하류 어딘가에 있었다는 점이다.

둘째는 전쟁에 소요되는 막대한 물자를 감당할 수 있을 정도로 농업생산성이 높은 부자나라였을 것이라는 점이다.

셋째는 신지격한이 대방군 기이영 전투에서 패하게 됨으로써 임진강 이남 고양 지역까지 대방군의 통제가 강화되는 등 이 지역에 세력의 재편이 이루어졌을 것이라는 점이다.

넷째는 그동안 신지격한의 실질적 통제권한을 가지고 있던 진왕辰王의 위상이 자연히 무너지게 되고, 대신 서울의 강동 지역에서 움츠리고 있던 백제국이 강한 나라로 부상하기 시작했을 거라는 점이다.

이처럼 임진강과 한강 하류 고대사에 대변혁을 일으킨 큰 사건이었고, 그 주체가 한강 하류 일산벌로 추정하고 있는 배달의 후예 주민들이었을 것이라는 점은 한민족의 자존을 지켜주는 것이리라….

2) 상무정신(왜군 3만에 맞선 행주대첩)

1592년 4월 13일 오후 5시경, 경상도 가덕도 해상에 90여 척의 배가 항해 중이라는 보고가 들어온다. 이는 소서행장이 이끄는 제1진이 부산포에 이르는 상황 보고였다.

이렇게 해 시작된 임진왜란에서 권율장군의 역할은 국가의 명운을 좌우할 만큼 커간다. 금산군과 전주 사이에서의 "이치전쟁"과 "수원독산성(독왕산성禿王山城) 싸움"에서 이기게 됨으로써 권율장군은 다음 한성수복을 목표로 다음의 전략적 요충지를 찾고 있었다.

그 무렵 지원군이던 명군의 사령관 이여송이 평양을 탈환하고 개성에 들어와 서울 수복을 위해 권율장군과 같이 힘을 모으기로 되어 있었다.

그러나 명군은 서울을 향해 진군하던 중 벽제리 일대에서 왜군에게 대패하고 간신히 목숨을 부지하며 개성을 거쳐 멀리 평양으로 달아나고 말았다.

이 소식을 들은 권율장군은 크게 실망했으나 행주산성에서 왜군과 일대 결전을 다짐하게 된다. 이로써 권율장군은 수원독산성에서

은밀히 대군을 행주산성으로 옮긴다.

지형적으로 행주산성은 한강을 이용하려는 적을 제어할 수 있는 관문이고, 조선군으로서는 한강을 이용한 보급로의 거점이 되는 곳이었다. 서울에 있던 왜군들도 이와 같은 중요성을 충분히 알고 명군이 내려오기 전에 거점을 확보해야겠다는 결정을 하게 된다.

그리하여 행주산성에서 조선군 2,300여 명과 왜군 3만여 명 간에 벌어진 혈전은 12시간이나 계속된다. 적의 공격은 음력 2월 12일 새벽에 우끼다 히데이야가 이끄는 3만의 왜군으로 시작되었다.

권율장군은 적의 공격이 시작되자 먼저 활을 잘 쏘는 군사를 모아 일제 사격에 나서 적의 기세를 꺾게 했다. 이어서 비축해둔 돌을 적중에 굴리는 등의 공방전이 아홉 번이나 계속되었다.

왜군은 수많은 부상자를 내면서도 부대를 바꾸어 가며 혈전을 거듭하다가 마지막엔 화공작전을 펼쳤다. 산 밑에서 불을 지르니 불은 서북풍을 타고 점점 타올라 목책에까지 붙었다. 미리 독에 채워 두었던 물로 목책에 불을 껐고, 목책에 접근한 적에게는 화포와 수차의 공격으로 필사결전의 공격으로 막아냈다.

그러나 권율에게도 위기는 있었다. 행주산성의 북면과 서북면 구릉지는 완만한 곳으로 왜군의 작전에 유리한 곳이었다. 왜군도 유리한 지형을 이미 알고 주 공격 루트로 삼았던 것이다.

이로 인해 한때 일부의 성책이 무너지자 의지가 굳고 조직력이 강했던 처영의 승병들도 일순간 동요가 일기 시작한다. 이때 권율장군의 특유의 독전이 발동된다. 옆 진영의 협조공격으로 무수히 많은 화살을 쏘게 하고 무술에 강한 승병들에겐 백병전으로 방어케 했다.

이로 인해 위기의 순간은 넘겼지만 너무 많은 화살이 소비되어 재고가 바닥나고 만다. 이제는 맨손 맨몸으로 대항하는 수밖에, 그리하여 일산벌 행주부녀자들은 앞치마에 돌을 날라왔고 남성들은 투석전으로 대신하고 있던 무렵, 경기수사景畿水使 이빈이 병정들과 함께 수십 척의 배에 식량과 무기를 싣고 강화도로부터 한강을 거슬러 올라와 산성으로 들어오니, 조선군은 다시 전의에 불타게 되었고, 왜군은 반대로 서둘러 후퇴하게 되는 결정적인 순간이 된다.

이렇게 하여 아침 해 뜰 무렵에 시작한 전투가 12시간 후인 해기질 무렵에야 조선군의 승리로 끝나게 된 것이다. 이로써 행주산성 전투는 아시아는 물론 세계 여러 나라 국방전략 편에 소개되며 상무정신의 표상이 되었던 것이다.

3) 저항정신(연산군 폭거에 맞선)

당시 조선은 유교의 나라였기에 국왕은 군주君主로서 군자답게 처신해야 하고, 왕은 하늘을 대신하여 백성을 다스리므로 천륜에 마땅하여야 하고, 그 정치도 애정으로 베푸는 인정仁政이어야 했다.

그러나 연산군은 매일 같이 향연을 베풀고 기생을 궁으로 끌어들이고 심지어는 여염집 아낙을 겁탈하거나 자신의 친족과 상간하는 등 패륜적인 행동을 끊임없이 자행한다. 그뿐만 아니라 문신들의 직간이 귀찮다는 이유로 언관을 이루고 있는 사간원, 홍문관, 경영관을 없애버리는 등 여론과 관련되는 제도 자체를 폐쇄시켜버리기도 했다.

친모 윤 씨 폐비사건 관련인들에 대한 잔인한 보복이 일어났던 1504년에는 고양시 대자동에도 "**대자동금표비**"가 세워지기에 이른다. 고양 지역은 서울의 서북에 인접하고 있기 때문에 조선왕조와는 밀접한 관련을 가지고 있었다. 대명관계에서 관문 구실을 하게 됨으로써 교통이 잘 발달되어 있었고 특히 강무장講武場과 수렵장으로 활용되고 있었다.

그는 강무라는 핑계로 날마다 비밀스러운 수렵을 하다 보니 이로 인해 주민들의 피해가 커졌다. 인내에 한계를 느낀 지언池彦, 이오을李吾乙, 말장수末長守 등이 임금의 지나침을 고하게 되자, 그들을 능지처참하고 그들의 가산을 몰수해 버린다.

이 사건이 구실이 되어 이윽고 괘씸죄로 혁파되고 말았던 것이다. 고양 지역을 그의 전용 수렵장으로 만들어 그 내에 있는 주민들을 철저하게 쫓아내고 곡식 창고 군창도 파주로 옮겨버린다.

쫓겨난 주민들은 생업을 잃게 되고, 금표 밖의 주민들도 나무나 풀을 베러 가다가 잘못 금표를 범하게 되면 죄를 따지지 않고 죽임을 당하니 가만히 있으면 굶어 죽고 움직이면 베어 죽을 형편이 되었다.(燕山君日記, 11年7月1日條)

"기훼제서률"이라는 무서운 형벌에도 불구하고 백성들은 금표를 계속 범하게 되는데, 이는 굶어 죽으나 금표를 범해서 죽으나 죽기는 마찬가지라는 절망감에서였던 것이리라….

4) 왕릉문화(세계유산)

고양에는 왕릉으로 조선조의 서오릉과 서삼릉 그리고 고려 공양왕릉이 있다. 세계문화유산에 등재도 되었다. 조선왕릉이 위엄을 갖추고 있으면서도 편안한 느낌을 주는 것은 주변의 자연과 인공을 잘 조화시킨 선조들의 탁월한 지혜 덕분이다.

다른 유교 국가들에서는 사후에도 통치한다는 의미로 지하궁전을 만드는 등 거대한 인공구조물을 만들곤 했다. 그러나 조선의 왕릉은 속세에서의 고단함을 잊고 편안히 쉬는 공간으로 하기 위해 언덕의 양지바른 곳에 능침을 만들고 의미와 상징을 둔 석물들을 설치하고 잔디로 피복하여 안정감과 아름다움을 더하게 했던 것이다.

조선시대 능원은 죽은 자와 산 자가 만나는 공간이기도 했다. 진입공간은 산자의 공간, 언덕 위는 능침 공간, 그리고 중간 부분을 제향 공간으로 하고, 제례 시 선왕은 능상의 언덕에서 내려와 중간지대인 정자각에서 현세의 왕과 만나게 했던 것이다.

조선조 때의 풍수지리에는 특히 묘혈이라는 부분이 강조되었다.

아무리 그곳이 길지라 해도 묘혈을 조금이라도 벗어나면 그곳은 더 이상 길지가 아니었다.

보통 왕들은 3m 깊이에 관을 놓게 되는데, 묘혈은 산의 능선을 타고 내려오므로, 강이라고 부르는 언덕을 지나 정자각에 와 그 능선이 끝난다고 믿었다.

그리고 조선조의 역대 왕릉은
기본적으로 갖추고 있는 일정한 모습이 있었다.

(1) 왕릉의 정문에는 **홍살문**을 둔다. 더러는 홍문이라고 불리는데, 본래 궁전, 관아, 능, 원 등의 앞에 세우던 붉은 칠을 해 신성한 곳을 알리는 역할을 하게 했다.

(2) 홍살문 오른쪽에는 왕이 제례 시에 홍살문 앞에서 내려 절을 하고 들어가는 **배위**拜位가 있다.

(3) 홍살문을 지나면 능으로 가는 길인 **참도**參道가 있는데, 참도는 왼쪽 부분을 한 단 높게 해 신성한 정령精靈이 다니게 하는 신로神路와 한 단 아래 사람이 걸어가는 오른쪽 인로 부분을 분리해 놓고 있다. 그리고 참도 우측에는 능지기 건물 수복방, 좌측에는 제사음식을 준비하던 수라간이 있다.

(4) 참도를 따라가면 **정자각**丁字閣에 이른다. 정자각은 왕릉이나 원의 앞에 제전으로 건물형태가 '丁'자 모양을 하고 있어 붙여진 이름이고, 그 정자각으로 올라가는 계단이 양쪽으로 있는데, 제례의식에 따라 동쪽으로 올라가고 서쪽으로 내려가게 하기 위해서이다.

(5) 정자각 동쪽에는 능의 비를 안치하기 위해 **비각**을 조성해 능의 주인을 밝혀 두고 있다.

(6) 정자각 뒤 좌측에는 **소전대**를 두고 있는데, 제향이 끝난 뒤 축문을 태우는 곳이다.

(7) 정자각 뒤 우측에 있는 **산신석**은 왕릉이 있는 산의 신에게 제사를 올리던 돌이다.

(8) 정자각에서 봉분까지는 심한 경사지의 사초지를 두고 있어 이 부분을 어렵게 지나야 **능원의 전형적인 모습**을 볼 수 있게 했다.

(9) 사초지를 지나면 첫눈에 들어오는 것이 봉분封墳이다. 봉분 자체만 조성된 능이 많지만, 봉분 밑을 12각의 병풍석屛風石으로 둘러 봉분을 보호하는 호석을 둔 경우가 있고, 또는 봉분주위를 다시 난간석欄干石으로 둘러 보호하고 있는 능도 있다.

⑽ 봉분 앞에 **상석**床石을 두고 상석 좌우에는 혼이 나갔다가 되찾아올 수 있도록 세워놓은 길안내 **망주석**望柱石 한 쌍을 두고, 한 단 아래 중앙에는 길안내 등불인 장명등長明燈을 두고 있다. 그리고 봉분 바로 앞에는 혼유석을 두어 혼령이 나와서 놀도록 했다. 이처럼 영혼의 나들이에도 길잡이를 두어 보호하고 있었던 것이다.

⑾ 봉분 전체를 둘러싸고 있는 담장을 말하는 **곡장**曲墻이 있고, 봉분의 난간석 바깥쪽에서 곡장을 바라보고 있는 형상으로 4마리씩의 석호石虎와 석양石羊을 번갈아 두어 능을 호위하는 수호신으로 삼고 있다. 그리고 이 수호동물들이 먹고 살 수 있도록 먹이풀들을 배 부위에 조각해 두고 있다.

⑿ 봉분 앞 장명등의 한 단 아래에는 관을 쓰고 **홀**笏(왕명에 복종의미)을 쥐고 있는 **문인석**文人石 1쌍이 좌우로 뒤에 각각 석마石馬를 대동하고 있고, 그 아래 단에는 갑옷에 검을 들고 있는 무인석武人石이 역시 각각 석마를 거느리고 서 있다.

⒀ 왕릉 배치상의 형식도 5가지나 된다. 왕이나 왕비의 봉분을 별도로 조성한 단릉單陵, 한 언덕에 나란히 마련한 **쌍릉**雙陵, 왕과 왕비 또는 계비를 한 언덕에 나란하게 배치한 **삼연릉**三連陵, 한 언덕의 다른 줄기에 별도의 봉분과 상설常設을 배치한 **동원이강릉**同

原異岡陵, 그리고 왕과 왕비를 하나의 봉분에 합장한 **합장릉**合葬陵 형식이 있다.

왕릉조성은 능 담당 임시관청인 산릉도감을 두어 소홀함이 없이 정성을 다했다. 따라서 당시 최고의 풍수가, 이론가, 건설가, 조각가 등이 망라되어 참여했다고 보기 때문에 당시의 시대상 연구에 중요 자료가 되고 있다.

5) 태실胎室문화(세계 유일문화)

태를 편안히 모시는 제도는 옛날 예법에는 보이지 않는데, 「이조실록」에는 "반드시 들판 가운데 둥근 봉우리에 태를 묻고 태봉이라 하다."라는 기록이 보인다.

조선조에 와서부터 신앙적인 측면이 강해졌던 것으로 보인다. 태는 그 사람의 지혜나 성쇠에 중요한 것으로 여겨지게 되었고, 다분히 금기적인 성격의 내용도 가지게 되었다.

그리고 태의 처리가 다음 왕자나 왕녀의 출산과 밀접한 관계를 가지고 있다고 믿고 왕실의 번영과 권위를 상징한다고도 생각하게 되었던 것이다.

따라서 일반인들조차도 태에는 그 인간과 동기同氣가 흐른다 하여 명당을 찾아 묻으려 했고, 아니면 출산 후 왕겨에 묻어 태운 뒤 재를 강물에 띄워 보내려 했다. 그것조차도 어려우면, 태를 소중히 짚에 싸 강물에 띄워 장래 가능성이 무한한 바다로 흘러가게 했던 것이다.

그러나 조선조 왕가에서는 후덕이 먼 지방까지 파급효과를 가져

다준다는 믿음에 왕자의 태를 태우지 않고 항아리에 담아 이름난 명당을 찾아 안치했던 것이다.

그 후부터 태를 모신 주위를 태봉이라 부르며 마을 사람들은 성지로 생각하고 섬겨왔던 것이다.

당시 왕실에서 왕족의 태를 전국의 유명 명당을 찾아 적극적으로 쓴 데는 왕조의 은택을 일반백성에게까지도 누리게 한다는 뜻도 있었지만, 그보다는 풍수지리에서 말하는 "동기감응론 효과"를 받자는데 더 큰 의미가 있었던 것으로 보인다.

태를 좋은 땅에 묻어 좋은 기를 받으면, 그 태의 주인이 무병장수하여 왕업의 무궁무진한 계승발전에 기여할 것이라 믿었던 것이다.

또 한편으로는 사대부나 일반 백성들의 명당을 빼앗아 태실을 만들어 씀으로써 왕조에 위협적인 인물이 배출될 수 있는 요인을 아예 없애자는 의도도 있었던 것 같다. 이 때문에 왕릉은 도읍지 100리 안팎에 모셔진 데 반해 태실은 전국 도처의 명당을 찾아 조성되었던 것이다.

그러나 불행은 1910년 이후부터 시작된다.

특히 1930년을 전후해 일제가 조선망조 왕실을 관리한다는 미명

하에 전국 각 곳에 있는 태실을 옮겨와 집장지 고양시 서삼릉에 무성의하게 모아 놓기 시작했던 것이다.

이와 같은 행위는 왕족의 존엄과 품격을 비하 훼손시키고 우리민족으로 하여금 조선의 멸망을 확인시켜주자는 의도가 있었던 것이리라.

그로 인해 전국의 40여 개 소 중 현재까지 원래 안치된 태봉이 그 자리에 있는 경우는 거의 없게 되었다.

현재 서삼릉 집장지에 봉안되어 있는 태실은 54기이다.

6) 단심가丹心歌(일산벌 한씨 미녀)

안장왕은 고구려 문자왕(491-519)의 아들이었다.

그가 태자로 있을 때, 삼국은 한강 유역을 놓고 서로 차지하려는 다툼이 있었다. 고구려에서도 백제가 차지하고 있는 한강 하류를 회복하기 위해서는 사전 정보수집이 필요했다.

그의 일환으로 태자가 몸소 백제 고양 지역에 숨어들게 된다. 하루는 안장이 피신해야 하는 상황이 발생하게 되는데, 피신처 대갓집에서 마주친 한주를 보고 순간적으로 아름다운 미에 끌려 반하게 된다. 한주 역시 태자의 예사롭지 않은 풍모와 귀태에 끌려 마음을 주게 된다.

서로의 사랑이 무르익게 되자 안장은 "난 고구려의 태자요, 군사를 몰아 이곳을 차지하고 그대를 맞아가리라." 약속을 남기곤 임진강을 건너 고구려땅으로 돌아간다.

약속했던 대로 수차에 걸쳐 백제를 공격해 보지만 매번 실패하고 만다.

한편 백제에서는, 미모에 빠진 이곳의 태수가 한주를 차지하려 갖은 술책을 다 부리지만 여의치 않자 첩자와 내통한 것으로 보인다며 감옥에 가두어 버린다. 한주는 질긴 수청 요구에도 끝까지 수청을 거부한다.

그리고
"이 몸이 죽고 죽어 일백 번 다시 죽어
백골이 진토되고 넋이야 있건 없건
임 향한 일편단심 가실 줄이 있으랴…." 라는 단심가로 답한다.

이와 같은 소식을 접한 안장왕은 급기야 이름 있는 장수들을 불러 모아

"누구든 개벽현을 회복하여 한주를 구원하면 천금과 만호후萬戶侯의 상을 주겠다."라고 한다. 그래도 지원자가 없자 여동생 안학安鶴을 사랑하던 을밀乙密장군에게 "한주를 구해오면 결혼을 허락하겠다."는 약속까지 하기에 이른다.

안하 역시 절세미인으로, 오라버니의 측근 장수 을밀과 사랑하는 사이였는데, 을밀의 문벌이 미약하다고 결혼을 반대해 와 어려움에 처해 있던 때였다.

을밀은 신이 나 수군 5천을 거느리고 바닷길을 떠나면서 왕께서

는 대군을 거느리고 천천히 쫓아오시면 수십 일 안에 한주를 만나실 겁니다."라는 말을 남긴다. 이로 인해 안장왕은 장애 없이 한주를 극적으로 만나게 되었다는 것이다.

이상의 내용은 해상잡록海上雜錄에 나타난 이야기를 정리해본 경우이다.

그러나 삼국사기 지리지의 달을성현 주註에는 해상잡록에 빠져있는 "한 씨 미녀가 높은 산에서 봉화를 들어 안장왕을 맞이했으므로 뒤에 이곳 이름을 고봉이라 하였다."라는 내용이 보인다.

이에 관해 신채호의 조선상고사朝鮮上古史에는 "을밀이 결사대를 이끌고 개백현으로 들어가 개백 태수가 한주를 사형시키기 직전에 구해낸다. 그리고 이미 약속한 대로 고봉산에 올라가 봉화를 올려 이를 알리자 다시 안장왕은 한주를 만나게 된다."라고 풀이한 해설을 두고 있다. 또한 이선근의 대한국사大韓國史에도 비슷한 해설을 확인할 수 있다.

이와 같은 내용들은 "한 씨 미녀 설화"와 관계된 역사물의 기록들이고 추정된 해설들이다. 그로 인해 학자에 따라서는 삼국사기에 거론되어 있는 고봉산의 봉화가 실질적으로 있었던 역사적 사건으로 보고 있다.

그리고 한 씨 미녀의 옥사와 구출 장면이, 춘향전에서 춘향이가 남원부사 변학도의 수청을 거부했다가 형벌 끝에 옥에 갇히고, 얼마 후에 애인 이도령 암행어사에 의해 극적으로 구출되어 백년해로하는 과정이 많이 닮았다.

7) 봄(고양벌 봄맞이)

순한 벌판 하늘에
봄볕 채워오고
강 하류 주엽샛강
피라미들 유영하니
생명이 기척해오네.

굽이굽이 뒤로하고
다 이루어온 한강물
잔잔히 펴져
마지막 모습으로
바다에 읍소하네.
그래도 즐거워 마냥
일렁이는구나.

강변 갈대밭
따스한 햇볕 만나
속삭이듯 아지랑이
아른아른 춤추어 오르네.

그렇게
새 생명들 꿈틀대니
봄의 약동이라
에너지가 지천이다.

그 땅에 힘차진 새싹들
자연에 알리려 다투어
눈인사 보내는구나.

8) 여름(일산벌 생태)

추적추적
여름
비 내리는 이른 아침
하늘과 정원 맞닿아
속삭인다.

드넓은 일산벌에
물들고 나가기가 몇 해던가.
철새 불러드리고
숨구멍 열어
새순 움 틔우니
생명의 소리 가득하여라.

봄에는
갈대 새순 돋아 생명력 빛내고
여름에는
게 짱뚱어들에 놀이터 내주고
가을이면

갈대밭 물들여 황금 물결 이루니
철새들 황금에 팔려 왁자지껄 이라.
생존의 일막 보게 하네.

9) 가을(산야 가을소리)

하느작 하느작 갈잎 소리
사각사각 갈대 소리
스르르 훨훨 꽃술 나르는 소리
산야 깨워
가을주인 이웃해 오네.

파랗게
맑아온 가을 하늘
그 아래 갈댓잎들
다투어 햇살 머금으니
온기 가득해
누렇게 옷 갈아입네.

바람불면 바람따라
비 오면 빗길따라
인적 다가오면 걸음따라
그렇게 흐느적이다가도
석양 오면 움추러드네.

갈댓잎 지자

바람 자고 해도 지네.

고요만의 세상일 때 사방으로

흩날려 생명력 이어가려하네.

10) 겨울(아내와의 따뜻한 동행)

아내는 청각 장애인이다.
그래도 가끔은 소리를 듣는다.
주일미사 중 성가대의 선율이다.
그래 주일미사를 내내 기다리는지도 모른다.

헬렌켈러의 책 “사흘만 볼 수 있다면”를
‘나도 사흘만 들을 수 있다면’으로 바꾸어 본다면
성가대의 “아베마리아”를 듣고 싶단다.

독일 간호원 시절
공포에 찬 수술대기실의 환자들에게 들려주던
솔로 송이 ‘아베마리아’이었거든
그로 인해 뭇 사람들에서
사랑받던 때를 그리워하나 보다.

하얀 눈이 소복이 쌓인 엄동설한
대림절 미사에 꿈이 이루어졌다.
성가대에서 ‘아베마리아’를 들려주었던 것

처음부터 끝까지 음률이 들리더란다.

눈물도 선율 되어 흐르고…

묵주 쥔 손아귀도 촉촉이 젖어오고…

들리지 않은 사람을 위하여 부르는 배려와

들을 수 없음에도 듣고자 하는 몸부림에는

은총이 큰 감동으로 다가온 것이리라….

감사합니다. 주님!

아내의 귀에도 소리를 보내주셨으니….

따뜻한 겨울이네요.

11) 사회(월산대군이 남긴 성찰)

큰아들 월산대군(1454-1488)이 불쌍하다.

그래 세조는 정동 1번지에 2만여 평의 땅을 하사한다.

그로 인해 월산대군의 개인저택이 된다.

선조는 임진왜란으로 하염없이 북으로 도망가다가

가까스로 한양에 들어와 보니

경복궁, 창덕궁이 다 파괴되어 갈 곳이 없다.

어쩔 수 없이 월산대군 집에 세 들게 된다.

왕이 하루 자고 나니 궁이 된다.

오늘날의 덕수궁이다.

이처럼 덕수궁은

월산대군이 자란 개인의 집이었다.

세조의 큰 손자로 총애를 받고 자라면서

월산군에 봉해진 것은 7세 때이다.

그의 아버지(덕종)가 왕위에 오르지 못한 채 일찍 죽게 되고

대신 작은 아버지인 예종이 왕위에 오르게 되면서부터

그의 운명은 바뀌어가게 된다.

그 후 예종도 오래지 않아 죽게 되자
다음 왕위가 복잡한 문제로 얽히게 되어
결국 월산대군의 동생이 왕위에 올라 성종이 된다.

성종으로서는 형에 대한 미안함 때문에
극진하게 모시게 되고
자주 월산대군의 집에 들르곤 한다.
월산대군 역시 동생을 배려해
정치에 관여하지 않고 산과 달을 벗 삼아
풍류를 즐기며 한 시절을 보내게 되는데,
이때부터 고양 지역을
자주 나들이하게 되었던 것으로 보인다.

그의 무덤도
생시에 자주 찾았던 고양시 신원동 너멍골에 있다.
그의 무덤 비명에는
월산月山을 아예 달과 산 모양으로 그려 놓았고
묘의 방향 역시 한양을 뒤로하여 북쪽을 바라보게 했다.

북향을 한 것은 후대에 큰 인물이 나와
정치에 관여하게 되기를 바라지 않아서란다.

그의 저서 “풍월정집”에서도
그의 무욕의 심성을 읽을 수 있다.

“추강秋江(행주산성부근)에
밤이 드니 물결이 차노매라.
낚시 드리우니
고기 아니 무노매라.
무심한 달빛만 싣고
빈 배 저어 오노매라.”

아무런 욕심이나 잡념 없이
강호 자연 속에 살아가는 맑은 심성의 경지를
가득한 달빛에 비유함이리라.

35세의 젊은 나이로 세상을 떠난
월산대군에 관한 기록이
'조선왕조실록'에 97번이나 등장한다.

물론 피바람을 일으키며 왕위를 찬탈한
수양대군의 손자로서 취할 수 있었던
현명한 처신이었다는 평도 있을 수 있다.
그러나 현실의 모두를 품어 스스로 녹여내던 성품으로 보아
자중자애 하는 달관된 삶을 살았으리라는 생각이다.

12) 염원 통일

독일의 천년고도 드레스덴
한 때
과학의 산실이었던 드레스덴

그래서인가 2차대전에서는
집중포화를 받아 불바다가 되었었네.
전쟁으로 천 년을
고스란히 잃어버린 황량한 도시였었네.
붉은 사상으로 천여 곳의
중소공장을 떠나게 했던 희생된 도시였었네.
그래도 남은 자들은 목숨으로
붉은 사상에 저항하며 통일의 싹을 틔워갔었네.

어느 날 베를린 장벽이 흔들리자
지체없이 나섰던 총리의 '드레스덴 연설'
이윽고 통일의 불을 지폈었네.

그래 우리들은 말하고 있다.
드레스덴은 '용기와 영감의 원천'이라고,
거기에서 우리의 대통령도
'한반도 평화통일'의 구상을 밝힌다.

"군사적 장벽을 넘읍시다!
불신의 벽을 허물어 버립시다!
사회문화적 장벽을 없앱시다!"

믿기 어렵다면
인도적 문제부터 해결하고
민생 인프라를 함께 구축하고
그리고 동질성 회복에 나섭시다!
내민 손 뿌리치면 안 돼요.
우리의 문제이기 이전에
한민족 모두의 문제이니까요.

체면 때문이라면
'남북교류협력사무소'를 통해서
산에 나무부터 심어 절실한
복합농촌단지부터 조성해 봐요.

그리고 우리
밝아오는 한민족 통일광역시대에
떠오르는
"배달 해오름"을 함께 맞이합시다!

13) 모정

저 매실은 내 심장이요.

저 개울은 내 핏줄이요.

저 햇빛은 내 체온이라….

그리고

저 나무는 내 아들이요.

여기 나무들은 내 딸들이라….

그래 비 오면 아파오고

바람 불면 어지러워지고

칠흑 어둠에는 무서워지나 보다.

날씨 변덕에 따라

맵고 쓰고 달고 시다.

구름 끼면 우울해 하니

그 해 매실 맛은 더 시다.

화창한 날씨엔
햇빛따라 따뜻한 피도 흐른다.
그 해의 매실은
더 통통하고 더 달달하다.

대매실은 아들 몫이고
중매실은 손자 몫이고
소매실은 남편 몫이라
내 몫은 언제나 일뿐이다.

그래도 엄마는
대매실이기를 소망한다.

14) 보리밥

대소쿠리
정재문 중간쯤에 매단다.
보리 쿵더쿵
쿵더쿵 찧어
첫 벌 삶은 보리밥이다.

소쿠리는
미풍에도 돈다.
바람따라 돌고 도니
놀래켜 파리 달아나고
틈새 바람 불러들여
보리밥 식혀주고
대들보 아래 고양이놈
자리잡아 시킴이 되어주네.

지날 때마다

구수한 밥냄새라

솔솔

입맛 돋워주고

고슬고슬 꽁당보리밥

한 움큼씩 먹어도

배탈 없이 잘만 살아왔네.

15) 보릿고개

앞산 한메
자락 펼쳐 월전들 만들고
섬진강물 감돌아
앞마을 들판 적시니
푸르른 오월 보리밭이라.

보리는 익어도
고개를 숙이지 않는구나.
오히려 기세등등 꼿꼿이구나.
망종이다.

보리 모가지들만 따다가 불에 익힌다.
그을린 풋보리를
손바닥으로 비비고 후후 불어
풋알갱이만 입에 넣는다.
말랑말랑 고소하다.

주둥이에서

콧등에까지 검댕범벅이다.

그래도

저녁 굴뚝 연기 피어나면

석양 등지고 집으로 소를 몬다.

16) 장독대

초여름

오색꽃 봉선화鳳仙花(봉숭아)

봄이 오면

지난해 피고 갔던

장독대를 찾게 된다.

갈라진 틈새 비집고 올라온

새싹보고 안도 한다.

올해도 오색꽃을 보겠구나.

어른들은 봉황을 상상했나

봉황의 봉자鳳를 앞세워 봉숭아라 하고

봉선화라 부른다.

저녁 사기 전에 손톱에 봉숭아잎 동여매고

아침 일찍 물들인 손톱 보고 시시덕거렸던 추억

손가락 손톱 세워 동네방네 자랑하러 다녔던 추억

그러다가 장독대에 기대 잠들어 버렸던 어린 추억

우리에 동심을 키워주던 장독대

그래 우리는 이곳을 봉황터라 불러왔다.

17) 골육상잔(6·25)

먹잇감 노리듯
웅크려 기세운
백운산 줄기
내 고장에 와 기 내리면서
깊은 골물 토해낸다.

내 고향 반내골이다.
백운산 자락 타고 힘차진 골물
내 마을에서 시작되는 반내이고
나를 튼실하게 키워준 골이다.

한때 빨치산의
해방구라 했던가.
우로 가는 길
좌로 가는 길
돌아 가는 길

어느 길이고 덫이 되어
가을에 지던 나뭇잎만큼이나
무참히 져버렸던 사람들
그들은
우리의 친척이었고
그들의 이웃이었네.

그런데도 적이라며
밤새 도륙질이었으니
아침 개울은
붉게 물들어
콸콸
콜콜
통곡했네.

밤내 통곡하다
피로 물든 골골
그래 불려진 밤내골

해가 뜨면
국군이 밥해달라 하고
어둠 깔리면
빨치산이 양식 훔쳐가고
밤낮으로
주인이 바뀌어가는 세상

그렇게 하루에도
삶과 죽음이 오갔던 곳
내 고향이었네.

18) 치우천황

배달국의 환웅이다.(14대)

배달국을 세운 일등공신이다.

최대영토를 차지한다.

만주일대와 한반도 황해 건너

산동성을 내려가는 해안따라

중원에 이르기까지도

치우천황의 지배 아래 있었다.

고구려 광개토대왕의 정복활동

또한 치우천황 때의

고토수복 일환이었으리라.

42세로 배달국 환웅이 된다.

중국인들로부터 침입을 받아 왔고

힘 빠져가는 노쇄 배달제국을 보고

우선해 군제개혁을 실시한다.

길로산에서 철을 캐낸다.

칼, 창, 대궁을 만든다.

최초로 갑옷을 만든다.

장군을 양성한다.

미개 한족들은 넋을 잃고 바라본다.

구리 머리에 쇠 이마를 가졌고

갑옷으로 무장한 치우부대에 놀랐던 것이다.

먼저 중국 최고의 권력 황제 허원을 공격한다.

염초와

유황을 태운 연기부대를 앞세우자

허원군은

혼란에 빠져 도망가기 바쁘다.

이윽고 중국 허원 황제의

항복을 받아낸다.

백전백승

불패의 지도자

그는 한민족 환웅 치우천황이었다.

BC 2599년에 세상을 떠난다.

무덤이 있는 이국 산동성에서는

오늘도 "군신"으로 모셔져 오고 있다.

19) "꽃동네"

최기동 할아버지다.

일제강점기에 태어나

해거리하듯 해 걸러 찾아오던 가뭄에도

저수지 밑 옥답 덕에

무난히 세끼 식사하며 자란다.

그러나 호사는 여기까지이다.

어느 날 낮잠을 자고 나니

칼 찬 순사가 옆에 서 있다.

눈꿉 털 겨를도 없이 지서로 끌려간다.

그 길로 징용되어

탄광 막장으로 전쟁터 노무자로 끌려다니다가

지치고 병든 몸으로 고향을 찾는다.

그러나 갈 곳이 없다.

음성 무극천 다리 밑으로 내몰린다.

걸인의 시작이다.

나날이 악화되어가는 건강

막장에서 마신 먼지 때문인가.

마른기침이 계속된다.

가끔은 호흡곤란도 온다.

폐섬유화가 진행된 것이다.

그 후부터 걸인 하기도

녹녹지 않음을 알게 된다.

그때에야

다리 밑 으슥한 곳에서

신음소리가 들려오기 시작한다.

그래도 나는 행복하구나.

"얻어먹을 수 있는 힘만 있어도

그것은 은총이니."

비록 가슴은 병들었지만
다리는 멀쩡하니 걸을 수는 있지 않은가.
가까운 곳부터 점차 먼곳으로 동냥질에 나선다.
더 아파하는 걸인들을 대신해서다.

동냥중에
우연히 만난 젊은 신부
따름이 귀찮아 가다가 숨어도 보고
가던 길을 휙 바꿔도 본다.
걸인 특유의 목청으로 화도 내 본다.
그래도 이름 불러주고 동냥깡통까지
들어준 사람은 처음이구나….

그렇게 해 젊은 신부에게
무극천 다리 밑 걸인촌을 들키고 만다.

매캐한 냄새

들려오는 여기저기에서의 신음소리

최 할아버지는

소리마다 찾아가 동냥밥을 나눠준다.

오래된 듯 익숙하다.

어느새 처마 밑 제비집이듯 조용해진다.

그리고는 잠에 취해 떨어진다.

젊은 신부는 혼란에 빠진다.

이 혼란스러움을

어떻게 해야 하나요.

같이 동냥질을 나서야 하나요.

침묵의 기도 속에 정적만 이어간다.

그렇게 얻어낸 답이

"그래도 너는 밥이 있고, 잠잘 곳이 있지 않느냐.

너부터 주머니를 털어라!"

그래 주머니에서 나온 돈이 1300원

그 돈을 쥐고

무극리 용담촌 기슭으로 올라간다.

젊은 신부의 삽질을 시작으로

5칸짜리 '사랑의 집'이 지어진다.

그 후부터 우리는 부른다.

기적의 "꽃동네"라고….

20) 일산 궁궐공원

가로수 그늘 드리워져
한기가 조금씩
느껴지는 가을 아침길
낙엽 밟고 분주히 오간다.
엄마이고 원아들이다.

바스락 바스락
밟을 때 울려나는 낙엽소리
음률 되어
흥겨운 발길 되었나.
재잘재잘 재잘재잘

마을길 중간이 옛 궁터라
자연스럽게
엄마들이 모인다.

자연 치유목으로
마로니에 숲 이루고
서정적 자작나무 숲 만들어
치유공간으로 유인하고 있네.

여기에도 사계의 순리에는
예외일 수 없었나.
마로니에 숲도 졸듯 휑하구나.

여름 내내
무거운 짐 마다 않고
무성하고 튼실한 나무였는데
가을비에 기어이 생명줄을 놓았나.

잎 보내는 이별 앞에

허허

이른 무서리인데도

눈물만 흘리고 있구나.

작가 후기

14세기에 들어오면 로마제국의 옛땅 피렌체에는 세계적 부호 '메디치 가문'이 등장한다. 그는 피렌체에 레오나르도 다빈치, 미켈란젤로를 비롯해 세상의 온갖 창의적인 사람들을 다 불러들여, 그들을 서로 교류하고 소통하게 한다. 그로 인해 창조와 혁신인 "르네상스"를 탄생하게 한다.

우리 한민족에는 "환단고기桓檀古記"를 통해 긍정적인 역사를 찾아볼 수 있다. 조상 환인이 중앙아시아 천산산맥, 바이칼 호를 끼고 광활한 환국桓國을 건설하고, 민족 대이동기에는 신시神市(백두산과 흑룡강 사이 지역 추정)에 배달나라를 세운다.

그 후손들이 고조선-한반도 일산벌에 이르면서 르네상스에 버금가는 창의성과 개혁시대를 이룬다. 특히 고조선의 청동·철기문화에서 오는 첨단기술을 융·복합해 새로운 시장과 먹거리를 창출해 내는 창조경제를 그간의 원시농업에 도입했던 것이다.

이로써 새로운 성장과 도약을 이루게 했고, 그로 인해 동북아에서 최고의 농업생산성 지역이었던 대동 강안에 버금간다는 기록까지 남기게 된다. 다행스럽다. 우리에게도 자랑스러운 한민족의 후예 **'달을성현'**(일산벌)이 있었으니….

이로써 "**미래 한민족 통일광역시대**" 경제에는 "달을성현 창조경제"에서 찾아야 한다는 생각이다.

그 후부터 떠오르는 한반도 "배달 해오름"은 한민족 신고 광명정신이요! 한민족 창시이념 "홍익弘益"이요! 한민족의 밝은 선진 미래이리라!

참고문헌

1) [Chronik der Deutchen] chronik Verlag, peter von Zahn, 1983.

2) [大世界의 歷史] 고대오리엔트, 삼성출판사, 1971.

3) [大韓國史] 통일조국의 형성, 이선근, 한국출판공사, 1983.

4) [中國의 歷史] 曾先之原著(金光洲編譯) 1-8권, 1984.

5) [世界百科大事典], 교육출판공사, 1981.

6) [揆園史話], 대동문화사, 1968.

7) [桓檀古記] 한민족 9000년사, 안경연, 상생출판.

8) [三國遺事], 일연원 저(김원중 역), 민음사, 2008.

9) [三國史記] 1145, 김부식, 한국민족문화대백과.

10) [소설수메르], 윤정모, 다산북스, 2005.

11) [수메르역사], 문정창, 1984.

12) [한단고기] 桓國, 임승국 번역·주해, 정신세계사, 1986.

13) [고양600년기념 국제학술대회] 한국선사문화, 고양시 2013.

14) [고양600년기념 국제학술대회] 가와지볍씨의 발굴…, 이융조 외3, 고양시 2013.

15) [고양600년기념 국제학술대회] 가와지 유적 규소체 분석, 김정희, 고양시 2013.

16) [고양600년기념 국제학술대회] 가와지볍씨와 벼농사, 안승모, 고양시 2013.

17) [고양600년기념 국제학술대회] 한반도농경문화 전개과정, 최정필, 고양시 2013.

18) [고양600년기념 국제학술대회] 중국쌀농사의 기원과 확산, Juzhong Zhang, 고양시 2013.

19) [고양600년기념 국제학술대회] 일본선사시대 벼농사, Hiroki OBATA, 고양시 2013.

20) [櫛文目土器] 세계도자전집17, 한병삼, 1979.

21) [韓國幾何文土器의 연구], 김정학, 백산학보4, 1968.
22) [문화유적], 정석배 교수, 한국전통문화학교.
23) [상고사문제와 환단고기], 박성수 교수, 상고사 수강노트, 2014.
24) [아브라함이 살았던 '수메르문명'], 홍익희, Pubple, 2012.
25) [고조선문명의 형성과 한강문화], 신용하 교수, 동북아역사 수강노트, 2014.
26) [아시아인간게놈연구회(HUGO)]논문, 연합뉴스, 인터넷 한국일보.